Verlieren & Finden
eine Geschichte für eine Reise

Verlieren & Finden
eine Geschichte für eine Reise

Monique Jacobs

Autor: Monique Jacobs
Umschlaggestaltung, Illustration: Ines Rychlewska
Lektorat, Korrektorat: Judith Schatzl

Verlag & Druck: BoD -Books on Demand GmbH, Norderstedt
ISBN 9783752620429

Bibliografische Informationen der Deutschen Nationalbibliothek:
Die Deutsche Nationalbibliothek verzeichnet diese Publikation in der Deutschen Nationalbibliografie; detaillierte bibliografische Daten sind im Internet über *http://dnb.d-nb.de* abrufbar.

Monique Jacobs

hatte bereits etliche Stationen in ihrem Leben. Nach der Schule studierte sie Germanistik und Anglistik in Münster, kam dann nach Hamburg und wurde Heilpraktikerin und Coach.
Dort lebt sie bis jetzt mit ihrer kleinen Familie und widmet sich dem Schreiben und der Beratung.

www.agonyaunt.de
hello@agonyaunt.de

Vorwort

Falling down the rabbit hole...
(Alice)

Das ist mein Leben und das war meine Reise.
Ich habe diese Geschichte einfach mal für euch aufgeschrieben.
Vielleicht dient sie euch als Anfang eines neuen Traumes oder als Anstoß dazu, euren alten zu leben.
Diese Erlebnisse sind entweder genauso, so ähnlich oder überhaupt nicht passiert. Das garantiere ich.

A.

Once I was lost...

(Amazing Grace)

„Und wann kommst du wieder? Du kannst doch jetzt nicht einfach gehen. Ferien sind erst nächste Woche. Du musst dich zusammenreißen, Ane."
„Vielleicht ist genau das mein Problem. Ich muss mich immer zusammenreißen. Alleine dieses Wort. Wenn ich das schon höre. Du klingst wie meine Mutter, Clarisse."
Clarisse saß im Schneidersitz auf meinem ordentlich gemachten Bett und schaute mich missbilligend an.
„Ich habe immer das gemacht, was andere Leute von mir erwartet haben. Gefühlt mein ganzes Leben lang. Und jetzt kannst du sehen, wohin es mich geführt hat. Ins Nirgendwo."
Ich spürte, wie die Wut in mir brodelte. Ich stieg auf eine Trittleiter und griff nach meinem Koffer, der auf dem Kleiderschrank lag und mehr einem dekorativen als einem praktischen Zweck diente.
„Du meine Güte! Ich kann mich noch nicht einmal daran erinnern, wann ich diesen Koffer zum letzten Mal gepackt habe."
Ich hatte ihn damals von meinem Vater als Belohnung zum Abitur bekommen. Damals war es mein sehnlichster Wunsch gewesen, durch die Welt zu reisen und bis zu meinem 50. Geburtstag mindestens einhundert

Stempel in meinem Reisepass zu haben.
Und heute?
Heute war einer dieser Tage, an dem das Schicksal mir ein Bein stellte. Und so lag ich seelisch am Boden und ich konnte an nichts anderes mehr denken, als zu fliehen. Koste es, was es wolle.
„Ich bitte dich, Ane. Lass dich zumindest krankschreiben. Wenn du einfach gehst, bleibt Dr. Müller nichts anderes übrig, als dich zu verwarnen oder noch schlimmer, dich nach Sibirien zu versetzen."
„Ich denke darüber nach", sagte ich. Hauptsächlich, um sie zu besänftigen und um ihr nicht noch weitere Gründe zu liefern, mich mit Appellen zu attackieren.
„Gut. Dann denk'. Er ist es nicht wert, dass du auch noch deinen Job verlierst. Hörst du?"
Ich nickte und fing an, Kleidung aus meinem Schrank zu nehmen. Sommerkleidung. Ich konnte spüren, dass mein Herz schneller schlug. Ich werde meine Koffer packen, mir ein Taxi rufen und mich zum Flughafen fahren lassen. Ich brauchte nur meinen Pass, meine Bankkarten und ein paar Kleidungsstücke.
„Ich merke, ich kann dich sowieso nicht umstimmen. Ich gehe jetzt am besten. Nimm bitte dein Telefon mit und versprich mir, dass du dich meldest. Komm her."
Clarisse konnte nicht anders. Alles, was sie sagte, klang wie die Befehle eines Drill Sergeant. Eigentlich mochte ich sie dafür. Heute nicht.
Clarisse erhob sich vom Bett und umarmte mich. Dann zog sie ihre Jacke an, setzte eine übertrieben traurige Miene auf und verließ meine Wohnung.
Ich hörte, wie die Tür in das Schloss fiel. Danach breitete sich eine ohrenbetäubende Stille in der Wohnung aus. Ich setzte mich auf das Bett und starrte auf den Boden.

Vor ein paar Tagen lag in diesem Bett noch der Mann, den ich heiraten wollte. Und jetzt?
Ich fühlte mich plötzlich leer und müde. Die Wut und die Enttäuschung, die mich vorher angetrieben hatten, einen Notfallplan aus dem Hut zu zaubern und die Koffer zu packen, hatten mich scheinbar verlassen. Genau wie mein Mut und meine Zuversicht, dass ich diese Zeit überstehen werde.
Ich lief durch meine 3-Zimmer-Wohnung wie eine aufgeregte Henne und suchte meine restlichen Sachen zusammen. Als ich im Garderobenschrank meine Papiere herauszog, blieb mein Blick im Spiegel stecken. Ach, du meine Güte! Mein Gesicht war rot und angeschwollen; die Augen blutunterlaufen vom Weinen.
„Kein Mann auf dieser Welt hat es verdient, dass man sich so fertig macht und dann auch noch so aussieht", sagte ich laut klagend zu meinem Spiegelbild.
Ich spürte, dass mir bei diesen Worten wieder die Tränen in die Augen schossen. Da war er wieder, der Krampf in meinem Hals, der mir die Luft abzuschnüren schien.
„Warum passiert mir das? Womit habe ich das bloß verdient? Ich bin doch kein schlechter Mensch, oder?", schluchzte ich mich selber an.
Schlechte Menschen betrügen ihre Partner, zahlen keine Steuern, sind gemein zu ihren Mitmenschen und zu Tieren. Oder was ist überhaupt schlecht? Bin ich gemein? Oder hinterhältig? Nein.
Ich merkte, wie mein Selbstmitleid buchstäblich in mir hochkroch. Mein Kopf war heiß von meinem vielen Denken und trotzdem war ich zu einem klaren Gedanken ohnehin nicht mehr fähig.
„Dann feuern sie mich eben. Dann sterbe ich halt allei-

ne. Na und? Ich muss jetzt endlich mal an mich denken", sagte ich zu mir.
Ich ging hochentschlossen und mit hoch erhobenem Kinn zum Festnetz.
„Hallo, hier ist Ane Winter aus der Bornestraße 11. Ich hätte gerne einen Wagen zum Flughafen."
„Zehn Minuten plus minus fünf."
Das wird eine knappe Kiste, aber bevor ich etwas sagen konnte, merkte ich, dass die Dame von der Taxizentrale aufgelegt hatte.
„Ja, Ihnen auch einen schönen Tag", murmelte ich kopfschüttelnd.
In Windeseile machte ich mich daran, ein paar Dinge in meinen Alukoffer zu schmeißen.
Sommer ist unkompliziert: Schlappen, T- Shirts, kurze Hose, Rock, Badeanzug, Yogahose, Top, Sonnencreme, Mückenspray, Zahnbürste, fertig.
Alles andere kann man kaufen oder auch nicht. Vielleicht ist es auch mal befreiend, nicht immer alles dabei zu haben.
Es klingelte an der Tür. Sturm.
„Jaja, ich komme ja."
Ich drückte den Summer, merkte aber, dass der Taxifahrer wahrscheinlich schon wieder zu seinem Auto zurückgekehrt war, ohne auf meine Antwort zu warten.
Das werde ich auf keinen Fall vermissen. Dieser unpersönliche, raue Umgangston hier in der Stadt. Wenn ich nicht schon schlechte Laune hätte...
Ich griff nach meinem Koffer, meiner Handtasche, zog die Tür hinter mir zu und lief die Treppen hinunter.
Auf ins Abenteuer.
Oder in die nächste Katastrophe, dachte ich bei mir.

Let it go...

(Elsa)

„Und welches Terminal?“, fragte die Taxifahrerin.

„Egal, ich habe kein Ticket.“

„Okay. Spontan also? Dann setze ich Sie bei Terminal 1 ab, dort finden Sie sämtliche Last Minute Schalter. Wäre Ihnen das recht?“

Anscheinend hatte ich eine Taxifahrerin gefunden, die mir weder persönliche Fragen stellen noch mir eine Weisheit mit auf meinen Weg geben möchte.

Der Tag wird besser, dachte ich etwas bitter.

„Ja, danke. Gute Idee.“

Langsam wurde mir bei dem Gedanken, alles so spontan hinter mir zu lassen, heiß.

Ich fing an zu schwitzen.

Was hatte ich mir dabei nur gedacht?

Ich hatte doch meine Verpflichtungen, meine Arbeit, meine Wohnung und meine Freunde. Was sollten bloß meine Schüler von mir denken, wenn ich so kurz vor den Ferien nicht mehr auftauchte?

Ich versuchte, meine Atmung zu kontrollieren. Schön tief aus- und wieder einatmen. Das tat gut.

Seit Jahren rannte ich jede Woche zum Yoga und zur Meditation und endlich konnte ich mal etwas mit den Übungen anfangen.

Aus und ein.

Die Taxifahrerin sah mich verstohlen aus dem Augenwinkel an, sagte aber nichts. Mein Aussehen sprach anscheinend Bibliotheken.
Endlich, der Flughafen tauchte vor uns auf.
Normalerweise war mir dieser Anblick mehr als willkommen. Einmal im Jahr machte ich in den Sommerferien Urlaub, meistens pauschal mit einer Freundin oder mit dem aktuellen Mann der Stunde.
Oder den ‚flavour of the month', wie Clarisse meine Männergeschichten scherzhaft bezeichnete.
Haha.
Heute hatte der Anblick des Flughafens einen eher schalen Beigeschmack. Ich hatte keine Ahnung, was mich erwartete, und ich wusste nicht, ob ich nicht doch einen großen Fehler beging.
Aber wann wusste man das schon?
Ich bezahlte die verständnisvolle Taxifahrerin, hievte meinen Koffer aus ihrem Auto und ging in das große Gebäude, auf dem Terminal 1 stand.
Schnurstracks begab ich mich zu den Verkaufsschaltern für Last Minute.
Vor mir war eine lange Reihe Tresen, die gepflastert waren mit Schildern und Postern.
Was wollte ich überhaupt?
Ich hatte keine Ahnung, was ich suchte.
Wie kann man etwas finden, wenn man noch nicht einmal wusste, wonach man Ausschau hielt?
Das Einzige, was ich mir gerade wünschte, war ein freundliches Gesicht und ein Mensch, der meine Situation und mein Aussehen nicht kommentierte.
Ich entdeckte eine junge Frau hinter einem Tresen, der aussah wie aus einem Campingführer. Lauter Bilder mit Bergen, Menschen mit Rucksäcken, Lagerfeuern und Sonnenuntergängen.

Ihr war wohl etwas langweilig, denn sie hatte eine Haarsträhne um ihren Mittelfinger gewickelt und untersuchte ihre Haarenden nach potenziellem Spliss. Ich fand das sympathisch. Es erinnerte mich an meine Schulzeit und an scheinbar nie enden wollende Physikstunden.

„Guten Tag. Ich möchte gerne für ein paar Tage die Stadt verlassen, weiß aber nicht wohin."

Die Frau setzte sich mit einem Ruck auf und schaute mich überrascht an.

Aus der Überraschung auf ihrem Gesicht wurden eine gerunzelte Stirn, hochgezogene Augenbrauen und ein etwas zusammengekniffener Mund.

Hatte meine Menschenkenntnis mich getäuscht und ich war hier an die größte Zicke von allen geraten?

Die anderen Tresen waren ebenfalls unbesucht. Es herrschte gähnende Leere in dieser Last Minute Ecke. War denn heutzutage keiner mehr spontan?

Ich sollte einfach woanders meine Reise buchen. Ich bin sowieso kein Camper.

Ich machte gerade Anstalten, mich umzudrehen, da sagte die Frau:

„Und, wie hieß er denn?"

„Wie bitte?", erwiderte ich etwas verwirrt. War ich hier bei Mystic Meg auf dem Jahrmarkt, oder was? Ich schaute an mir herunter, um zu kontrollieren, was mich verraten hatte.

„Naja, man braucht nicht gerade Sherlock Holmes zu sein, um zu sehen, dass Sie gerade von Ihrem Liebsten verlassen worden sind. Oder Sie sind gefeuert worden. Meine Chancen standen 50/50. Ich hab' geraten", grinste sie.

Frechheit.

Was bildete sich die Kuh eigentlich ein?
Als wäre mein Leben nicht schon bescheuert genug.
Jetzt musste ich mich noch mit ‚sowas' herumärgern.
Ich zog wohl ein etwas pikiertes Gesicht, denn die junge Dame sagte sofort erschrocken:
„Entschuldigung, ich wollte Sie nicht beleidigen. Sieht so aus, als säße der Stachel noch ziemlich tief. Ist noch nicht so lange her, was? Ich hatte auch mal so einen. Kurz vor unserem Urlaub sagte der Typ mir, dass er mit seiner Kollegin vögelt. So ein Arsch. Wie ernst war es denn bei Ihnen?"
„Verlobt", erwiderte ich kurz und bündig. Ich dachte, damit hatte ich nun alles gesagt und das Thema war hoffentlich beendet.
Ich hatte falsch gedacht.
Es schien so, dass die Dame wohl die rücksichtsvolle Taxifahrerin von eben in irgendeiner Weise ausgleichen wollte. Ihre Kommentare trafen mich mit voller Wucht.
„Sie sehen echt schlimm aus. Aber geht mich ja auch nichts an. Und jetzt wollen Sie also Hals über Kopf das Land verlassen? Mannomann. Der hat Sie wohl fertig gemacht?"
„Ich würde tatsächlich gerne das Land verlassen. Nicht, dass es Sie etwas angeht... Aber ich würde Sie jetzt darum bitten, dass Sie endlich mal Ihren Job machen. Falls ich über den ganzen Mist, der mir passiert ist, tatsächlich irgendwann einmal sprechen möchte, glauben Sie mir, wären Sie der ALLERLETZTE MENSCH AUF DER WELT, dem ich meine intimsten Probleme anvertrauen würde."
Den letzten Satz hatte ich anscheinend mit einer gewisser Inbrunst über ihren Tresen gepfeffert, denn

sofort lehnten sich einige Damen der Nachbartresen nach vorne, um besser sehen zu können.

Hören konnte man mich wahrscheinlich gut genug, schätzte ich.

„Ist ja in Ordnung. Beruhigen Sie sich. Ich wollte ja nur mein Mitgefühl zum Ausdruck bringen, aber wenn Sie damit alleine fertig werden wollen, okay. Na dann werde ich mal meinen Job machen", sagte sie mit einem gewissen spöttischen Unterton.

Ich bin ein furchtbarer Mensch. Heute Morgen dachte ich noch, dass ich diese Behandlung von Tom einfach nicht verdient hätte, weil ich so ein guter Mensch wäre. Vergiss das, sagte ich zu mir selbst, ich bin egoistisch und schrecklich.

Bei diesem inneren Monolog spürte ich, dass sich ein neuer Schwall Tränen ankündigte.

Oh nein. Nicht jetzt, nicht hier.

Es half nichts.

Ich schluchzte scheinbar hemmungslos und laut. Und was das Schlimmste war, ich brachte kein Wort mehr heraus. Die Tresendame stellte dieses Mal ohne Kommentar eine Taschentücherbox vor meine rote Nase. Ich riss einige Tücher heraus und schnäuzte hinein.

„So, und jetzt beruhigen wir uns erst einmal. Also, ich sage Ihnen jetzt, was ich im Angebot habe und Sie schütteln einfach den Kopf oder nicken. Verstanden?"

Ich nickte.

„Okay. Vierzehn Tage Abenteuercampen im Death Valley, USA?"

Schütteln.

„Verstehe. Vielleicht eine nicht ganz so große Herausforderung... Wandergruppe auf Mallorca mit englischer Führung. Immer sehr beliebt."

Bei dem bloßen Gedanken, mich einer Gruppe anschließen zu müssen, drehte sich mir der Magen um.
„Yoga Resort auf La Gomera. Eigene Hütte und veganes Essen. Die Besitzer sind wirklich nett. Ich habe nur Gutes gehört. Echt."
Die Tresenlady sah mich mit hochgezogenen Augenbrauen nickend an. So als wollte sie, dass ich in ihr Nicken einfach mit einstieg.
Warum nicht.
Sie hatte mich schon bei den Worten „eigene Hütte".
Und „veganes Essen" würde ich schon überleben.
Ich nickte und sagte gleichzeitig immer noch etwas verschnoddert:
„Wo war das?"
„Wo? La Gomera! Kennen Sie nicht? Echt nicht? Sie machen wohl normalerweise nur pauschal, was?", sie kicherte, als hätte sie einen Witz gemacht.
Als sie mein frösteliges Gesicht sah, sagte sie schnell:
„Kleine kanarische Insel. Kann man nur mit der Fähre aus Teneriffa erreichen. Wirklich nett da. Es gibt nicht so viele Touristen und wenn, dann eher so Individualisten."
„Warum nicht? Buchen Sie mich ein. Zwei Wochen?"
„Gute Wahl. Wissen Sie was? Ich glaube, da gespürt zu haben, dass Sie so schnell wie möglich fahren möchten. Richtig?"
Erwartungsvoll schaute sie mich an. Ich nickte. Zufrieden mit sich und ihrer Menschenkenntnis fuhr sie fort:
„Sehr schön. Ich buche Sie für morgen in das Resort und gleich einen Flug. Sie können sich dann vielleicht eine Nacht noch woanders einmieten. Zur Überbrückung. Gut?"
Ich nickte.

Ich glaubte, sie war von meinem fehlenden Enthusiasmus etwas enttäuscht.
Tresenlady fing an zu tippen und bis auf ein paar Fragen nach meinen Personalien und so weiter blieben wir beide stumm.
Eine Wohltat.
„In anderthalb Stunden geht Ihr Flieger von Gate 28. Der bringt Sie direkt nach Teneriffa. Von dort aus nehmen Sie die Fähre nach La Gomera. Ich wünsche Ihnen einen schönen Aufenthalt."
Was war denn mit ihr los? Plötzlich so gestelzt? Ich schaute sie misstrauisch an.
„Und möge die Macht mit Ihnen sein", sagte sie und brach in ein wieherndes Gelächter aus.
Gott sei Dank, sie war wieder ‚normal'.

I‘m a Wanderer.

(Dion DiMucci)

Mir war schlecht.

Ich saß in dem Flugzeug, das mich hier endlich wegbringen sollte, und ich fühlte mich, als brächte man mich zu meiner Hinrichtung. Kopf ab.

Diskret durchwühlte ich die Sitztasche vor mir. Gab es überhaupt noch Spucktüten an Bord? Oder wurde da vielleicht auch schon eingespart? Am falschen Ende, wenn man mich fragte.

Das Dumme war, das Flugzeug stand immer noch am Boden. Ich hatte also noch bummelige fünf Stunden vor mir.

Wahrscheinlich machte sich meine ganze Aufregung erst jetzt richtig bemerkbar. Ich fühlte, wie sich mein Bauch zusammenkrampfte.

Es war ja auch alles ziemlich zum Kotzen, da musste ich meinem Körper auch irgendwie recht geben.

„Entschuldigen Sie,“, sagte ich zu meinem Sitznachbarn, „dürfte ich vielleicht kurz durch?“

Mit einem Seufzen schnallte sich der junge Mann, der sich gerade fertig sortiert hatte, wieder ab und machte Anstalten aufzustehen. Die hübsche Flugbegleiterin sah unsere Anstrengungen und kam flink zu uns herüber. Mit einem breiten Lächeln nahm sie mir gnadenlos die Hoffnung auf Erleichterung.

„Sie können leider nicht mehr aufstehen. Das Boarding ist completed. Bitte setzen Sie sich wieder. In 20 Minuten dürfen Sie zur Toilette. Sorry."
„Scheiße."
„Wie bitte?"
„Ich meine: schade."
Mein Gesicht wurde knallrot. Wenn sie nur wüsste, was wir hier gerade riskierten, dann hätte sie mich gehen lassen.
Ich setzte mich wieder. Mein Bauch gab ein gurgelndes Geräusch von sich. Als ich dachte, mein Tag könnte nicht schlimmer werden, hatte ich mich wohl geirrt.
Mein Sitznachbar wurde zusehends nervöser.
„Pfefferminz?", fragte er und streckte mir eine Rolle Bonbons entgegen, „Mir hilft das immer ein bisschen. Ich habe auch Flugangst, wissen Sie?"
Ich hatte keine verflixte Flugangst, schrie ich innerlich. Im Moment hatte ich nur Angst, dass ich diesem jungen, attraktiven Herren auf den Schoß kotzte.
„Ja, danke."
Das Flugzeug setzte sich in Bewegung.
Nach unendlich langen zehn Minuten schwebten wir über den Wolken und trotz allen Übels strahlte mein Herz.
Wir waren aus dem nassgrauen Hamburgwetter hochgestiegen in den goldenen Himmel. Die Sonne schien durch das Bulleye in mein Gesicht und wärmte es.
„Sie dürfen jetzt."
Ich sah in das professionell geschminkte Gesicht der Stewardess und schenkte ihr meinen dankbarsten Gesichtsausdruck.
Gott, ich danke dir, dachte ich später auf der Toilette. Danke, dass ich mir nicht in die Hosen gemacht hatte

und für immer und ewig eine Partyanekdote für die anderen Passagiere geworden war.

„Weißt du noch, Hildegard, die Kleine, die sich auf dem Flug nach Teneriffa in die Hosen geschissen hat? Haha. Ich frage mich, wie es ihr in der Irrenanstalt jetzt wohl geht."

Sehr lustige Vorstellung. Aber nein. Nichts dergleichen war passiert. Ich hatte mich benommen und war nicht dumm aufgefallen.

„Brauchen Sie noch lange?" klopfte es an der Tür.

„Eine Minute", schrie ich zurück.

Ich glaubte das nicht. Diese Person hatte eine Dreistigkeit!

Nachdem ich alles erledigt hatte, öffnete ich die Tür und sah zu meinem Erstaunen ungefähr zehn Leute, die alle für das WC anstanden. Mit gesenktem Haupt und ‚Entschuldigung' nuschelnd ging ich zu meinem Platz zurück.

„Pfefferminz?", grinste mein Nachbar.

Here comes the sun,
do, dun, do, do...
(The Beatles)

Ich liebte diesen Moment. Man stieg aus dem Flugzeug und es war warm. Richtig warm.
Ich stand da in meiner Winterjacke und meinen Boots und am liebsten hätte ich mir alles sofort vom Leib gezogen. Aber ich riss mich zusammen; die anderen Passagiere hätten dann wohl sofort wieder gelästert.
Nach endlosen Gängen und Kontrollen stand ich endlich vor der Flughafenhalle. Ich suchte nach einem Schild, das mir den Weg zur Fähre zeigte, fand aber keines. Erst die freundliche Dame an der Information half mir weiter und erklärte mir alles, was ich wissen musste. So bahnte ich mir meinen Weg durch die Pauschaltouristen und gelangte an eine Haltestelle, wo der Bus zur Fähre abfuhr. Zu meinem Entsetzen sah ich bekannte Gesichter aus dem Flugzeug ebenfalls auf den Bus warten.
„Hi, waren Sie nicht eben auch im Flugzeug aus Hamburg? Geht es Ihnen besser?“, fragte eine Frau, die ungefähr in meinem Alter war. Ich war also doch aufgefallen. Als diejenige aus Reihe 5, die den ganzen Laden aufgehalten hatte. Na schön.
„Ja, danke.“

Mehr Antwort hatte sie meiner Meinung nach nicht verdient.

Der Bus mit der Aufschrift ‚La Gomera' mit einem kleinen aufgemalten Schiff daneben hielt an und lud uns und unsere Koffer ein.

Das lief gut, freute ich mich. Der nächste Schritt war vollbracht, es ging schon einmal in die richtige Richtung.

„Fahren Sie auch nach La Gomera?" Die Dame hatte meine kurzbündige Antwort wohl doch nicht richtig gedeutet.

Na, dann vielleicht dieses Mal.

„Ja."

„Waren Sie schon einmal da? Also für mich ist es das ungefähr fünfhundertste Mal", kicherte sie nervös.

„Nein, Scherz. Meine Eltern haben in San Sebastián eine Finca auf den Klippen. Wunderschön. Ich besuche sie. Und Sie? Urlaub?"

Eine echte Fragemaschine.

„So etwas in der Art", sagte ich und weil ich nicht als arrogante Ziege dastehen wollte, fügte ich hinzu:

„In einem Yoga Resort. Ausspannen."

„Aah. Interessant. Yoga! Resort!", entgegnete sie etwas dümmlich. Wahrscheinlich versuchte sie gerade, ihre Abneigung gegenüber diesem ‚New-Age-Kram' zu verstecken. Nicht besonders erfolgreich.

„Ich heiße Kristine, aber alle Leute sagen Kiki zu mir. Außer mein Chef, der sagt immer Frau Kristine", kicherte sie schon wieder.

Kleine Kichererbse, was?

„Der kommt mit diesem Geduze in unserem Büro nicht zurecht; hält das für ‚Neumod'schen Kram'. Hanseat wie er leibt und lebt, wissen Sie?"

Ich fing irgendwie ein bisschen an, Kiki zu mögen. Immerhin gab sie sich wirklich Mühe.
Ich sah aus dem Busfenster. Es war eine andere Welt da draußen; es standen Palmen an der Straße, die Sonne schien und tauchte alles in ein besonderes Licht, riesige Kakteen ragten aus der Erde und ansonsten viel Sand und Staub.
„Und du?“, Kiki hatte wohl genug von dem Gesieze und merkte, dass sie ohne direkte Fragen bei mir nicht weiterkam.
„Ich heiße Ane. Ich fahre zum ersten Mal nach La Gomera und habe diesen Ausflug spontan gebucht. Ich bin gespannt.“
Das musste reichen. Das war schon sehr offen.
„Und was machst du beruflich?“
„Ich bin Deutsch- und Englischlehrerin.“
„Aha.“
Sie glaubte mir nicht. Ich konnte es ihr nicht verübeln, denn die offiziellen Ferien fingen erst nächste Woche an. Als Lehrer konnte man sich schließlich nicht einfach aus dem Staub machen, so wie es einem gefiel.
Ich beließ es dabei. Jede weitere Erklärung hätte einfach zu viel von meinem intimsten Privatleben enthüllt und dafür war ich nicht bereit.
Der Bus bog in eine Art Hafengegend ein. Fast geschafft. Jetzt musste ich nur überlegen, wie ich Kiki loswürde. Ich hatte keine Lust auf eine weitere Interviewstunde auf der Fähre.
Als wir aussteigen durften, tat ich so, als würde ich etwas suchen.
Ich kramte in meiner Tasche und murmelte vor mich hin, um dem ganzen Akt mehr Glaubwürdigkeit zu verleihen:

„Wo ist denn bloß mein Handy?"
Erleichtert merkte ich, wie Kiki an mir vorbeihuschte und aus dem Bus stieg.
Aber wo war eigentlich mein Handy? Panik stieg in mir auf. Ich wühlte in meiner Handtasche, die die Größe eines Wäschesacks hatte. Das durfte doch nicht wahr sein!
„Señora!", rief der Busfahrer von draußen und klopfte an die Scheibe.
Ich schaute mich im Bus um. Gähnende Leere. Ich war die Letzte und wieder mal dumm aufgefallen.
Meine Verzögerungstaktik hatte gut funktioniert.
Als ich den Bus verließ, stand einsam und alleine mein kleiner Koffer auf der Straße und der Busfahrer machte bereits wieder die Schotten dicht.
„Gracias."
Ich nahm mein Gepäck und lief im Schweinsgalopp Richtung Fähre. Dort hatten alle bis auf zwei bereits eingecheckt. Wenigstens hatte die Fähre noch nicht abgelegt.
„Señora, das ist die Fähre nach La Gomera."
„Bueno."
Ob wohl irgendwer schon bemerkt hatte, dass ich kein Spanisch sprach?
Ich betrat das Boot und stellte fest, dass es im Inneren ähnlich aussah wie im Flugzeug. Die Sitze waren genau gleich, in der Einstecktasche der Vorderreihe steckte eine Spucktüte und ein laminiertes Sicherheitsprotokoll.
Dann konnte ja nichts mehr schiefgehen.

...Spiderman is having me for dinner tonight

(The Cure)

Die Überfahrt dauerte fast eine Stunde und ausnahmsweise benahm ich mich unauffällig.
Ab und zu ließ ich meinen Blick schweifen und Kiki, die sich mit einer Spanierin unterhielt, nutzte die Gelegenheit und winkte zu mir herüber. Ich schenkte ihr ein etwas verkrampftes Lächeln und ein Nicken, dann widmete ich mich wieder meinem ‚Hello Magazine', das hier jemand liegen lassen hatte. Schön war es, mal wieder den Klatsch und Tratsch aus dem englischen Königshaus zu lesen und über die Trennungen von irgendwelchen Sternchen, deren Namen ich noch nie gehört hatte. Ich wurde alt, dachte ich bitter, aber ich war immerhin nicht die Einzige, die sich trennte. Oder wie in meinem Fall: getrennt wurde.
Eine spanische Ansage verkündete, dass wir bald den Hafen von San Sebastián erreichten. Jedenfalls dachte ich, dass sie das sagte, weil ich kein einziges Wort verstand.
Ich packte die Zeitschrift in meine Handtasche. Dabei fiel mir ein, dass ich immer noch nicht mein Telefon gefunden hatte.
Später, dachte ich bei mir, es war gerade nicht der richtige Zeitpunkt zum Tasche auskippen.

Als ich über den kleinen Steg vom Boot auf das Festland ging, stieg mir ein fantastischer Geruch in die Nase. Hier musste ein Fischrestaurant in der Nähe sein, wahrscheinlich ein schönes rustikales spanisches Restaurant, wo Mama noch am Herd stand und nach jahrhundertealten Rezepten kochte. Ich schaute auf die Uhr. Es war bereits abends und ich war hungrig. Mir fiel auf, dass ich den ganzen Tag noch nichts gegessen hatte. Heute Morgen dachte ich noch, dass ich nie wieder in meinem Leben jemals wieder etwas zu mir nehmen würde, und nun konnte ich nicht aufhören, diesen Essensgeruch einzusaugen.
Erst einmal Unterkunft, befahl ich mir. Etwas Einfaches, vielleicht eine Pension. Oder etwas Cooles für Backpacker, schließlich war ich noch nicht total alt und verdorben. Ich sollte das Flair auf La Gomera zwischen den Individualisten und Hippies einfach mitnehmen und mich darauf einlassen. Ansonsten hätte ich auch in Hamburg in meiner Nobelbude bleiben können.
Ich ging die Straße am Hafen entlang, überquerte den großen Marktplatz, der hier wohl so etwas wie ein Stadtzentrum darstellte und entschied mich dann für eine der kleinen Straßen, die direkt von dem Platz abgingen. ‚Hostel' stand an einem der Häuser. Der Schriftzug war schon ziemlich alt, aber wenigstens verstand ich ihn. Ein Hostel für Junggebliebene und coole Rucksacktouristen, also pour moi!
Ich klingelte an der sehr einfach gehaltenen Eingangstür und war auf den zweiten Blick froh, dass mich beim Klingeln kein elektrischer Schlag getroffen hatte. Ein Kabel hing aus der Wand und die ganze Gerätschaft machte einen eher selbstgebastelten Eindruck.

Ich hörte, wie im Haus jemand etwas rief und dann die Tür aufriss. Eine Salve von Schimpfwörtern ergoss sich über mein Haupt. Manchmal auch schön, wenn man nichts verstand.

Die Dame, jenseits der Sechzig und ein Kopf kleiner als ein Mensch, fuchtelte mit beiden Händen vor meinem Gesicht und wollte mir etwas begreiflich machen. Bloß was?

„I am sorry. Do you speak English?", versuchte ich es zaghaft.

„Crazy English. You can read? No bell, knock!" Sie sprach jedes einzelne Wort sehr deutlich, als würde sie versuchen, es in meinen Kopf zu hämmern.

„Okay. Do you have a room for the night?" Gerne wollte ich zum Geschäftlichen kommen.

„Sí. Thirty Euro. No party, no hanky-panky."

Wie bitte?

Sie zog mich in das Haus und zeigte mir an, dass ich ihr folgen sollte. Wir gingen drei Treppen hoch und waren dann auf dem Dach. Zum wiederholten Mal war ich heilfroh, dass mein Koffer klein und halbleer war. Auf dem Flachdach waren kleine Schuppen gebaut. Ach du meine Güte.

Die Señora öffnete die Tür einer dieser Baracken und sagte:

„Shower and toilet downstairs. Don't loose key. Thirty Euro."

Sie hielt auffordernd die Hand hin.

Da ich nicht wusste, ob ich heute noch zu einer schnellen Flucht in der Lage wäre, gab ich auf. Dazu kam noch, dass ich mich kaum noch auf den Beinen halten konnte, so erschöpft war ich.

„Okay. I take it."
Ich suchte aus meinem Portemonnaie dreißig Euro und gab sie ihr. Mit einem spanischen Kommentar, der eher wie ein murmelnder Fluch klang, verschwand sie aus meinem Sichtfeld.
Ich setzte mich auf mein quietschendes Metallbett und seufzte. Hier war ich also. Auf einer Insel, von der ich nichts wusste, in einem Geräteschuppen, der noch nicht einmal ein Fenster hatte. Ich befürchtete, dass man mich hier morgen früh tot auffinden würde, entweder wegen Sauerstoffmangels erstickt oder weil mich ein anderer ‚cooler' Tourist wegen meiner Besitztümer erstochen hatte.
Was hatte ich bloß getan? Warum hatte ich nicht auf Clarisse gehört und war zuhause geblieben? Warum, warum, warum?
Dabei fielen mir ihre mahnenden Worte ein, dass ich sie anrufen sollte.
Ich schüttete den Inhalt meiner Handtasche auf das Bett und versuchte, mein Telefon zu erspähen. Fehlanzeige. Mit einem Rumms setzte ich mich auf meine Sachen. Was kann eigentlich innerhalb von 24 Stunden noch alles schief gehen?
Auf diesem Telefon war mein Leben: Telefonnummern, Emails, Kontakte, Passwörter und mein Online Banking.
Keiner konnte mich erreichen und keiner wusste, wo ich war. Ich fühlte mich plötzlich ganz alleine und morgen früh würde man meine Leiche hier finden und mich einfach ins Meer werfen.
Ich brauchte Luft. Ich stürzte nach draußen und versuchte tief einzuatmen. Ich fand, dass ich für heute genug geheult hatte, also blieb es beim Atmen.

Jetzt reiß dich zusammen, Ane! Du bist hier auf einer hoffentlich wunderschönen kanarischen Insel, die Sonne scheint und du bleibst nur eine Nacht in diesem Verschlag. Ab morgen bist du in einem tollen Yoga Resort mit lauter friedlichen, lächelnden Menschen, die vegan essen.
Ich musste nur einigermaßen diesen Tag überleben und dann ging es bergauf, versprach ich mir selber.
Ich entschied mich gegen eine Dusche -wer weiß, welche Überraschungen mich da erwartet hätten- und machte Katzenwäsche mit Erfrischungstüchern.
Ich öffnete meinen Koffer und nahm mir eine Shorts, ein T-Shirt und meine Schlappen heraus. Was für ein Luxus. Hamburg war um diese Jahreszeit meistens kalt und nebelig. Die Sonne hatte ich gefühlt seit vier Monaten nicht einmal zu Gesicht bekommen.
Hier war ich im Paradies, wettertechnisch gesehen.
Nachdem ich mich umgezogen hatte, nahm ich meine Handtasche und verließ meinen Schuppen.
Ein paar Minuten später stand ich auf der Straße und schlug den Weg Richtung Marktplatz ein.
Wenn du den Weg nicht kennst, immer der Herde hinterher. Das war schon immer mein Motto gewesen.
Auf dem Marktplatz in San Sebastián war es ruhig. Es gab ein paar bereits geschlossene Geschäfte und Cafés, außerdem einen Kiosk, der mitten auf dem Platz stand und immerhin geöffnet hatte.
Ich wählte den Kiosk für mein Abendessen. Ich wollte es unkompliziert und hatte keine Lust, mich in einem Restaurant mit Kellnern und spanischen Speisekarten abzukämpfen.
„Hola!“ Mein Spanisch wurde immer besser, man musste halt nur lange genug in dem Land sein und schon

schnappte man das eine oder andere auf.
Leider verstand ich nicht, was die Dame, die im Kiosk arbeitete, antwortete. Zu dumm.
Also doch auf Englisch oder Spenglisch.
„Can I have a cerveza, par favor?"
„One Euro."
„And a package of Fortuna cigarettes. Roja, please."
„Two Euro."
„Ah, and a lighter, äh, fuego?"
„Three Euro."
Herrschaftszeiten, kostete hier denn alles genau einen Euro?
Ich wollte schließlich einfach, nun hatte ich einfach, sagte ich mir.
Auf jeden Fall hatte ich für drei Euro das ideale Selbstzerstörungsabendessen. Perfekt.
Ich setzte mich auf eine Mauer, öffnete mein Bier und zündete mir eine Zigarette an.
Ich fühlte mich wie ein Rebell und das war gut so.
Etwa drei Stunden später lag ich auf meinem Gefängnisbett auf meinem Schlafsack, den ich in weiser Voraussicht eingepackt hatte, und versuchte, nicht zu denken.
Das hörte sich erst einmal einfach an, war es aber nicht.
Es half ein bisschen, dass ich total beschwipst und mein Gehirn von den Fortunas eingenebelt worden war.
Ich versuchte, mich auf die Seite zu wälzen, ohne in Berührung mit der Bettwäsche zu kommen, die wahrscheinlich das letzte Mal gewechselt worden war, als Columbus von hier in die neue Welt aufbrach.
Wann hatte ich eigentlich die letzte Tetanus Impfung gehabt?
Ich grübelte.

Das müsste so Weihnachten gewesen sein, als ich versucht hatte, für meine und Toms Familie ein Festessen zu zaubern. Ich stand in der Küche, wollte natürlich, dass alles perfekt war, und schnitt mir mit dem verdammten Brotmesser in die Hand. Ich bin vor Schreck fast ohnmächtig geworden, Tom hatte mich in die Notaufnahme gebracht, ich wurde vorsorglich geimpft und die Wunde wurde mit fünf Stichen genäht.
Was für ein Glück. Also war ich safe.
Jetzt musste ich nur noch diese Nacht hier überleben und dann würde alles wieder gut werden.
Ich lächelte mich selber an und fiel in einen traumlosen Schlaf.
Gott sei's gedankt!

Wake up in the morning gotta thank the Lord

(Mission)

Ich schlug die Augen auf und blinzelte. Durch die Spalten der schief verbauten Tür schien Licht. Also war es Tag und ich lebte tatsächlich noch.

Ich rappelte mich von meinem Lager hoch und merkte, dass mein Kopf schmerzte. Drei San Miguel und mindestens zehn Zigaretten und das auf nüchternen Magen. Das konnte ja nicht gut gehen.

Strafe musste sein.

Ich stand auf und tastete mich zur Tür. Ich öffnete sie und ließ die Morgensonne in mein Zimmer.

Alles schien okay zu sein. Alle meine Sachen waren noch da und ich schien auch unversehrt.

Und jetzt? Frischmachen? Frühstück?

Mit neuer Kraft und frischem Tatendrang könnte ich mir vielleicht doch mal die Dusche ansehen. Ich bemerkte einen leicht müffeligen Geruch als ich an mir schnupperte.

Das Badezimmer wird schon nicht so schlimm sein, redete ich mir zu.

Ich nahm meine Sachen und ging ein Stockwerk tiefer, dorthin, wo angeblich die Duschen sein sollten.

Aus einem der Räume kam pfeifenderweise ein Mann in Gestalt eines Halbgottes heraus. Braun gebrannt,

durchtrainiert und lange schwarze Haare. Noch nass von der Dusche und ein Handtuch lässig um die Hüften gebunden. Lecker.
Echt schade, dass ich gerade echt kacke aussah und nach Schweiß roch.

Have no fear in your heart...

(Kathleen York)

Ich saß in einem einfachen Café am Wasser und bestellte mir ein ordentliches Frühstück. Es war an der Zeit, etwas zu mir zu nehmen. Die Sehnsucht, mich selber zu zerstören oder mich zu bestrafen, ließ langsam nach. Von einem älteren Kellner, der wahrscheinlich der Besitzer und auch der Koch des Hauses war, bekam ich alles aufgetischt, was der Laden zu bieten hatte: frisch gepressten Orangensaft, einen Cortado Kaffee und ein getoastetes Sandwich mit Schinken und Käse.

Ich glaube, ich bin doch tot und im Himmel, dachte ich bei mir.

Das Meer glitzerte in der Sonne und der Wind wehte mir eine frische Brise in mein Gesicht. Die Welt war wunderschön.

„Wo wollen die Señora denn heute noch hin?“, fragte der Kellner/Boss und machte eine Kopfbewegung in Richtung meines Gepäcks.

„Ich weiß gar nicht. Warten Sie, ich schaue nach.“

Ich war selbst überrascht von mir, dass ich so freundlich auf seine Frage einging.

Ich wühlte in meinen Buchungszetteln, die mir diese Verrückte auf dem Flughafen ausgedruckt hatte. Nicht auszudenken, wenn alles auf meinem Telefon gewesen wäre! Ich wäre verloren gewesen.

„Yoga Retreat Center in Valle Gran Rey."
Ich hoffte, ich sprach den Ortsnamen einigermaßen richtig aus. Wenn mich nicht alles täuschte, dann hieß der Ort übersetzt ‚Tal des Königs'.
Schöner Name und auch ein bisschen mystisch.
„Ah sí, Señor Bernhard und Señora Isabella. Sí, sí. Nette Leute. Wirklich. Großes Herz für Hunde, die auf Straße leben."
Wie passend. Wuff.
„Aber Essen ein bisschen komisch." Er machte ein leicht angeekeltes Gesicht und verdrehte seine Augen.
„Tofu und so. Yak."
Ich lachte. Als Großstadtmensch war ich es gewohnt, neue Dinge auszuprobieren. Alle paar Wochen eröffnete in Hamburg ein neues In-Restaurant, wo es angeblich das allerbeste Essen gab. Bis sich dann innerhalb kürzester Zeit die Gemüter wieder beruhigten und wieder zum ‚Normalen' überschwenkten.
„Ist okay. Ich mag Tofu", sagte ich, „aber vielleicht komme ich einfach manchmal her, um bei Ihnen zu frühstücken, okay?"
Der Boss nickte.
„Nimmst du Bus?"
„Ja, ich glaube schon. Ist das eine gute Idee?"
Ich erinnerte mich an Busfahrten in Urlaubsorten, bei denen ich nur knapp mit dem Leben davongekommen war. Ich hatte zwar noch nicht viel von La Gomera gesehen, aber nach meiner Erfahrung waren die kanarischen Inseln alle bergig und die Straßen kurvig. Auf der anderen Seite, was hatte ich für Alternativen? Ein Mietwagen kam nicht in Frage. Ich konnte nicht so gut mit Serpentinen: ich war schließlich eine Stadtpflanze und im platten Norddeutschland aufgewachsen.

„No, Bus ist gut. Fahrer meistens sehr gut. Muy bien!" Zur Bekräftigung seiner Aussage machte er seinen Daumen hoch.

Ich hörte nur das Wort ‚meistens'. Sehr vertrauenserweckend.

„Okay. Wo fahren die Busse denn bitte ab?"

„Nicht weit von hier. Um die Ecke ist Central Station für alle Busse in La Gomera. Da ist Information und du kannst fragen."

„Danke. Gracias, äh...!"

„Paulo."

„Sí. Gracias, Paulo. Ich bin Ane."

„Hallo Anne. Ich muss jetzt zurück zu Arbeit. Ich wünsch' dir gute Reise und wir sehen uns. Adio."

„Adiós. Hasta luego."

Noch eine Woche hier und mein Spanisch würde perfekt werden.

Ich hätte hier bei Paulo zwar noch stundenlang sitzen können, kaffeetrinkend und auf das Meer starrend, aber mein Gefühl sagte mir, dass es Zeit war aufzubrechen.

Mit dem Gefühl ist das so eine Sache, dachte ich bei mir. Vorgestern hatte ich das Gefühl, alles war in bester Ordnung und wenn ich an gestern zurückdachte, schüttelte es mich.

Innerhalb einer Stunde schien mein Leben nur noch ein Scherbenhaufen zu sein. Und was hatte mir mein Gefühl im Bauch geraten, das heißt, bevor ihm schlecht wurde?

Schnell weg.

Fight or flight?

Definitiv flight. Into the sunshine.

Und jetzt war ich hier.

Die Tatsache, dass ich hier war und mein Verlobter sich aus dem Staub gemacht hatte, war noch nicht wirklich bei mir angekommen.
Jahrelang hatte ich Angst gehabt, verlassen zu werden. Von wem auch immer. Von Freunden, Beziehungen und auch von Kollegen.
Ich konnte nicht besonders gut mit Veränderungen. Clarisse sagte mir immer, dass das mit der Trennung meiner Eltern zusammenhing. Und ich sagte ihr dann immer, dass sie die Klappe halten und mich mit ihrer Küchenpsychologie in Ruhe lassen sollte.
Meine Eltern hatten sich getrennt, da war ich fünf Jahre alt gewesen. Vielleicht war es für mich als Einzelkind nicht immer einfach, mich zwischen meinen Eltern aufzuteilen, aber trotzdem hatten sie sich jede Mühe gegeben, die Trennung für mich erträglich zu machen.
Tatsache ist, seitdem ich sechszehn Jahre alt war, datete ich sämtliche Typen von Mann: große und hübsche, coole und rebellische, reiche und arme, kleine und dicke.
Alle.
„Was? Du bist nicht bei drei auf'm Baum? Dich nehm' ich."
Und was offensichtlich nicht passte, wurde passend gemacht.
So hatte ich die letzten zwanzig Jahren mit Niederlagen und viel Herzschmerz verbracht.
Genauso schnell wie ich die Männer in mein Leben hineinließ, genauso schnell knallte ich ihnen wieder die Tür vor der Nase zu.
Bevor sie mich verlassen konnten, ergriff ich lieber die Flucht.
Nicht so dieses Mal.

„Ich wusste doch, dass wir uns wiedersehen werden. Schicksal und so."

Ich schreckte zusammen. Kiki stand direkt vor mir und ließ es sich nicht nehmen, mir einen Schulterklopfer zu verpassen.

„Oh hi, Kiki. Wie geht es denn so?"

Etwas Geistreiches fiel mir leider nicht ein und auf den ‚Schicksalszug' wollte ich ungerne aufspringen.

„Danke. Mir geht es großartig. Und dir? Wo hast du die Nacht verbracht? Hier in San Sebastián? Warum hast du nicht gesagt, dass du hierbleibst? Ich hätte dich doch in das Hotel meiner Eltern gesteckt. Ach, du wusstest ja gar nicht, dass meine Eltern hier ein Hotel haben", murmelte sie.

Schön, dass sie sich alle Fragen selber beantwortete.

„Äh ja, genau", stammelte ich.

Diese Redseligkeit verwirrte mich immer ein wenig.

„Dann vielleicht nächstes Mal, okay? Warte, ich habe hier doch irgendwo eine Visitenkarte. Ah, hier. Ruf einfach an, wir haben immer ein Plätzchen."

„Das ist wirklich sehr nett, Kiki. Ich fahre nur heute noch nach Valle Gran Rey und bin dann dort in diesem Yoga Resort."

„Ach ja, natürlich. Und wie kommst du nach Valle? Mit dem Bus?"

Ich nickte, während ich meinen restlichen Kaffee austrank und dann nach meinem Geld wühlte. Ich legte einen Zehn-Euro-Schein auf das kleine Rechnungstablett und sammelte meine Sachen zusammen. Kiki ließ sich von meiner Aufbruchsstimmung nicht stören und quatschte munter weiter.

Nach einer Weile grätschte ich ihr einfach mitten ins Wort.

„Sorry, Kiki, aber ich muss jetzt wirklich los. Es war schön, dich wieder zu sehen und danke für die Visitenkarte“, sagte ich artig.

„Weißt du was? Ich fahre dich.“

„Wie bitte? Nein, das ist absolut nicht notwendig. Ich komme schon zurecht.“

„Papperlapapp. Ich sagte, ich fahre dich und dabei bleibt es. Ich war schon ewig nicht mehr in Valle. Ich könnte die Gelegenheit nutzen und ein paar alte Bekannte besuchen. Und dich fahre ich genau vor die Haustür von deinem Yoga Dings. Na, ist das was?“

Wer konnte diesem Enthusiasmus widerstehen? Ich war da ziemlich chancenlos. Vielleicht wird es ja lustig, versuchte ich mir einzureden. Fakt war, ich wusste nicht, wie ich aus der Nummer wieder herauskam, ohne Kiki vor den Kopf zu stoßen. Wahrscheinlich hätte ich ihr ihre Rübe eher abhauen müssen, damit sie meine Abfuhr verstand. Ich glaubte, sie hatte es nicht so mit höflichen Anspielungen.

„Also gut. Dann los. Kannst du überhaupt Autofahren?“

„Also ehrlich, natürlich. Ich fahre auf La Gomera schon seitdem ich vierzehn bin.“

Dann war ich ja jetzt völlig beruhigt. Ich fragte sie wohl lieber nicht, ob sie einen Führerschein hatte.

...a carriage will take me to...

(Nico)

‚Valle Gran Rey' stand auf einem windschiefen Schild neben der Straße.

„Wie weit ist es noch, Kiki?"

„Nicht weit. Vielleicht noch so eine halbe Stunde. Also, Ane, entspann' dich doch endlich mal! Ich bin diese Strecke schon hundert Mal gefahren."

„Ja, ich weiß, seitdem du vierzehn bist. Ist das dein Auto? Gibt es in Spanien keinen TÜV oder so etwas?", fragte ich mit einem gewissen sarkastischen Unterton. Das war wahrscheinlich weder höflich, noch zeigte es die Dankbarkeit, die ich Kiki gegenüber haben sollte, aber es war die schiere Todesangst, die mich antrieb. Ich hatte das Gefühl, dass ich, seitdem ich meine Wohnung in Hamburg verlassen hatte, von einer Katastrophe in die nächste schlitterte.

„Mann Ane, du bist nicht mehr in Deutschland, sondern in Spanien und zudem noch auf La Gomera. Hier ticken die Uhren echt noch anders. Ach, was rede ich? Hier gibt es keine Uhren. Je eher du deinen Widerstand aufgibst, umso eher wirst du hier deine Erfüllung finden."

Wow. Bam.

Diese grinsende Frau am Steuer eines Renault Cabrios, das im letzten Jahrhundert gebaut worden war, ver-

suchte mich wohl buchstäblich auf den Weg zu bringen.
„Okay, ich versuche mein Bestes. Ich werde als Beifahrer schnell nervös und Autos ohne Airbag machen es nicht leichter“, versuchte ich meine ewige Nörgelei zu rechtfertigen.
„Mach‘ mal das Handschuhfach auf.“
„Was brauchst du denn?“
Ich machte die Klappe auf, die anscheinend mit einiger Mühe vorher geschlossen worden war. Mag daran gelegen haben, dass ungefähr ein halber Hausstand in diesem Minifach untergebracht war.
„Falls mich nicht alles täuscht, liegt da irgendwo ein Petaca.“
„Scusi, what?“
„Ein Flachmann mit Schnaps. Und Ane, ‚scusi‘ ist italienisch.“
Ich wühlte alles Mögliche in diesem Fach durch: Papiere, Prospekte, Lottoscheine, zusammengequetschte Coladosen, Haarbürste, ein altes Handy, ein Feuerzeug, eine Schachtel mit Kuhflecken darauf und zu guter Letzt eine kleine silberne Flasche mit der Aufschrift Papa.
Triumphierend hielt ich sie hoch.
„Die hier?“
„Ja, genau. Schraub‘ sie auf und nimm einen Schluck. Das beruhigt die Nerven.“
Es war elf Uhr morgens und ich sollte mir jetzt einen Schnaps reinballern?
Widerstand aufgeben hatte sie gesagt. Na gut.
Ich setzte die Flasche an und nahm einen kleinen Schluck.
Nicht schlecht.
„Was ist das? Was Spanisches?“

„Das ist Hierbas. Total harmlos. Medizin“, grinste Kiki und nahm mir die Flasche ab, um selber einen kräftigen Schluck zu nehmen.
„Darf man hier Alkohol am Steuer trinken?“, fragte ich vorsichtig nach.
„Ich merke, du bist immer noch nicht entspannt. Trink‘ noch einen und du wirst merken, Deutschland rückt dann langsam in weite Ferne.“
Das hatte mich überzeugt.
Wir tranken zusammen und abwechselnd die Flasche leer und ich merkte, wie es langsam warm in meinem Bauch wurde.
Wie sagte man so schön?
Kein Alkohol ist auch keine Lösung.
Ich kicherte über meinen kleinen Witz. Kiki, die meine Gedankengänge glücklicherweise nicht hören konnte, sah zu mir herüber und nickte befriedigt.
Ich lehnte mich in meinem Sitz zurück, zog meine Schlappen aus und stellte meine Füße auf die Armaturen. Mein Blick ging nach oben. Über mir rauschten die Äste von großen alten Bäumen vorbei. Sie sahen aus, als hätten sie ein Spalier für die Menschen gebaut, um sie in ihrer Welt willkommen zu heißen, dachte ich verträumt. Wie ungewöhnlich, einen so dichten Wald auf einer kanarischen Insel zu finden.
„Das ist der Garajonay, der immergrüne Nebelwald. Er ist etwas ganz Besonderes und voller Geheimnisse.“
„Wieso gibt es hier Geister und Hexen?“, fragte ich spöttisch.
„Dieser Wald ist älter als die Menschheit; du solltest dich nicht über ihn lustig machen. Es gibt viele Geschichten über ihn und sogar Menschen, die in diesem Wald leben, um ihn zu bewachen.“

„Sind das diese Aussteiger, von denen hier immer die Rede ist? Die zuhause alles stehen- und liegengelassen haben und jetzt in Höhlen hausen?“

Kiki ließ sich von meinem Unterton nicht irritieren.

„Meine Eltern sind in den Achtzigerjahren als Studenten hierhergekommen. Sie wollten nicht von dem normalen Leben in Deutschland vereinnahmt werden. Und obwohl sie heute ein Business leiten und Geld verdienen, sind sie immer noch hier und froh darüber. Und ich bin es auch.“

„Sorry, Kiki. Ich wollte nicht anmaßend sein. Ich weiß auch nicht, seit gestern klinge ich nur noch wie ein Arschloch. Tut mir leid“, sagte ich kleinlaut.

Kiki war immer nett und freundlich zu mir gewesen und ich hatte es ihr mit meiner Ablehnung und meinem Spott gedankt. Ich war ein schlechter Mensch. Dumm und arrogant.

„Jetzt mach dich nicht fertig“, beruhigte Kiki mich, als hätte sie meine Gedanken gehört, „du machst momentan anscheinend schlimme Zeiten durch. Das wird schon.“

Sie hielt den Wagen plötzlich an einer Aussichtsplattform an.

„Ich zeige dir jetzt, wo du überhaupt bist“, sagte sie und stieg aus.

„Ach Ane, nimm diese Kuhschachtel mit.“

„Kuhwas? Ach ja.“

Ich wühlte erneut im Handschuhfach und fand, wonach ich suchte.

Ich stieg aus dem Wagen und ging Kiki hinterher. Sie hatte sich auf eine Bank gesetzt und sah zufrieden in die Landschaft.

„Ist das nicht wunderschön hier?“, seufzte sie.

Ja, das war es. Nie hätte ich gedacht, dass hier so etwas auf mich wartete.
„Willst du auch?“, fragte Kiki und nahm aus der Kuhschachtel einen fertig gedrehten Joint.
Ach Sünde, was soll der Geiz?
„Gerne. Auch Medizin?“

The Sound of Silence

(Simon & Garfunkel)

Seit meinem Studium hatte ich kein Gras mehr geraucht. Als fertige Lehrerin, die ihren Beruf eigentlich sehr ernst nahm, nahm man weder Drogen zu sich, noch ließ man sich in der Öffentlichkeit gehen. Ich war bis vorgestern überzeugt davon gewesen, alles unter Kontrolle gehabt zu haben. Ich hatte einen festen Job an einem Hamburger Gymnasium, meine Wohnung mitten in einer der besten Gegenden der Stadt und einen Verlobten. Alles unter Dach und Fach. So dachte ich jedenfalls.

„Was ist passiert?"

Kiki dachte wohl, dass es an der Zeit war, mich zu knacken.

„Hast du mich deswegen abgefüllt und stoned gemacht? Um mich willig zu machen?"

Ich sah sie gespielt entrüstet an.

„Weißt du, Ane, auch wenn es dich jetzt erschreckt, aber andere Leute haben auch Probleme und Schicksalsschläge zu verkraften. Es hat sich im Allgemeinen herausgestellt, dass es besser ist, über seine Probleme zu reden."

„Was bist du? Psychotherapeutin, oder was?"

„So etwas ähnliches", sagte Kiki während sie den Rauch inhalierte und dann die Luft anhielt. Schräg.

„Das erklärt einiges", murmelte ich.

Psychologen gegenüber war ich nicht gerade sehr aufgeschlossen. Ich hatte den Deckel der Büchse der Pandora fest geschlossen und zur Sicherheit noch zugenagelt. Ich hatte null Interesse daran, meine hübsche Verdrängungsarbeit rückgängig zu machen.

„Nun raus damit!", Kiki reichte mir den Joint, wahrscheinlich zur Unterstützung, und gab mir dann noch obendrauf einen freundschaftlichen Knuff.

„Ich bin so baked", sagte sie, während sie den Rauch ausatmete, „wahrscheinlich weiß ich in zwei Stunden sowieso nicht mehr, was du mir erzählt hast", wieherte sie.

„Mein Verlobter hat mich verlassen."

„Okay", sagte Kiki wenig beeindruckt.

„Er hat mich nachts von einer seiner Geschäftsreisen angerufen und gesagt, er liebt mich nicht und hat eine andere."

„Klassiker!"

Immer noch nicht beeindruckt.

„Mit der anderen ist er bereits seit fast einem Jahr zusammen und weil sie jetzt ein Kind erwartet, hat er sich gedacht, er macht fairerweise reinen Tisch."

„Oookaay. Fairerweise also. Langsam wird es interessant."

Kiki war wohl etwas platt. Sie grinste vor sich hin.

„Und das war es schon. Er war bereits vergeben und ich habe es nicht einmal gemerkt. Kein Quatsch. Ich habe immer gedacht, dass die Frauen, die von ihren Männern betrogen werden, absichtlich die Augen zumachen. Keiner kann so doof sein und nicht merken, wenn der Kerl eine andere liebt. Oder?"

„Mhm."

„Gestern bin ich ausgeflippt, habe meine Sachen gepackt und bin mit dem nächstbesten Flieger hierhergekommen.“

„Du Glückspilz“, sagte Kiki verträumt.

„Wie bitte? Ich glaube, du hast da was missverstanden.“

„Nein, das glaube ich nicht. Dieser Mann hat sich für die andere Frau entschieden und dich laufen lassen. Und jetzt bist du hier. Frei wie der Wind. Auf der Reise deines Lebens.“

Na großartig.

Ich sollte noch ein paar Züge nehmen und vielleicht öffneten sich Kikis ‚doors of perception‘ dann auch für mich. Einen Versuch war es wert.

Und so saßen wir in dieser Einöde. Umringt von diesem Nebelwald und selber benebelt. Hahaha.

„Sei einfach ruhig und genieße“, befahl mir Kiki.

Ohne einen meiner üblichen Kommentare lehnte ich mich an und sog die Luft ein. Ich machte die Augen zu und versuchte zu lauschen. Unglaublich diese Ruhe.

Long live the King

(Traditional Proclamation)

„Komm endlich, genug gechillt. Deine Gastgeber erwarten dich bestimmt bereits."

Kiki sprang auf und ruderte zur Bekräftigung ihres Anliegens mit den Armen.

„Erst schleppst du mich hierher, dann machst du mich betrunken und völlig fertig und jetzt wirst du hektisch. Hat dir schon mal jemand gesagt, dass du eine Nervensäge bist?", murmelte ich vor mich hin.

Widerwillig stand ich von der Bank auf und ging langsam zum Auto. Mein Gang war etwas wattig und ich verspürte einen unbändigen Hunger.

„Los Ane, venga!"

„Bitte? Ich kann doch kein Spanisch. Ich kann nur Englisch. Weißt du eigentlich, dass ich sieben Jahre Französisch in der Schule hatte und wahrscheinlich nicht einen Satz zusammengebaut bekomme? Was für eine Zeitverschwendung. Die halbe Schulzeit war total überflüssig. Meine Schüler sollten es mal besser haben. Sie sollten was Ordentliches lernen. Von mir. Ihrer Lehrerin. Und jetzt sitze ich hier in so einer motorisierten Schuhbox und bin vollgeknallt. Ich bin so ein schlechtes Vorbild", jammerte ich vor mich hin.

Bei dem Wort ‚motorisiert' realisierte ich meine etwas lallige Aussprache.

Ob Kiki schon gemerkt hatte, dass ihr homegrown Gras seine Wirkung bei mir voll entfaltete?
„Schokolade?“, fragte sie und hielt mir eine Tafel hin.
Ich glaubte, sie wusste Bescheid.
„Spanische Schokolade mit kleinen Smarties. Ich glaube, die wissen hier, was gut ist“, stellte ich zufrieden fest.
Kiki ließ den Motor an und fuhr zurück auf die Bergstraße.
Ich hoffte nur, dass ich wieder einigermaßen repräsentabel aussah, wenn wir beim Yoga Dings ankamen.
Das war das Letzte, woran ich mich erinnern konnte, gedacht zu haben. Kurz darauf sank ich in einen zufriedenen Schlaf und träumte von besseren Zeiten.

„Valle Gran Rey -das große Königstal. Ane, aufwachen. Das musst du sehen.“
Etwas widerwillig schlug ich die Augen auf. Was ich sah, verschlug mir den Atem. Wir sahen von unserem hohen Berg hinunter in das Tal, in dem ein kleiner Ort direkt am Meer lag, eingesäumt von Klippen und Buchten. Aus unserer hohen Perspektive sah man außerdem, wie grün diese Insel war. Es war wunderschön.

Move in the right direction...

(Gossip)

„Dein Yoga Resort liegt in der Mitte des Ortes, etwas versteckt auf den Hügeln. Ich glaube, ich weiß noch welche Straße. Ich kenne Bernhard und Isabella nämlich schon seit zwanzig Jahren. Sie sind..."

„Echt nett", beendete ich Kikis Satz.

„Das habe ich schon öfter gehört. Wie wäre es, du bringst mich zu meiner Unterkunft, besuchst deine Freunde und wir treffen uns später auf einen Kaffee?"

Kiki strahlte mich an. Sie glaubte wohl, eine neue Freundin gefunden zu haben. Ich glaubte das mittlerweile auch.

Wir fuhren durch das Valle Gran Rey, das in verschiedene Ortschaften eingeteilt war. Die Hauptstraße führte am Meer und an einer kleinen Promenade vorbei. Ich sah buntes Treiben an den typisch steinigen Stränden und in den Cafés, die eher aussahen wie Kioske. Ich mochte diese Einfachheit sofort.

„Wir sind da."

Kiki hatte den Wagen vor ein großes weißes Haus gelenkt, das majestätisch auf einem grün bewachsenen Hügel stand, und von dem man sicherlich einen direkten Blick auf das Meer hatte.

Ich stieg aus und sah an dem Haus hoch. Das hatte ich nicht erwartet. Es war sehr beeindruckend und glich

eher einem Herrenhaus als einem Yoga Retreat Center.
„Hola. Willkommen, Ane. Wir haben dich schon erwartet."
Ein großer blonder Mann in weißer Hose und einem aufgeknöpften Hemd kam mit ausgebreiteten Armen auf mich zu.
Was für ein Empfang. Ich konnte mich nicht entscheiden, ob ich diese Freundlichkeit als befremdlich oder angenehm empfinden sollte. Meine norddeutsche Steifheit wirkte hier offensichtlich fehl am Platz und so beschloss ich, mich darauf einzulassen. Schließlich waren Bernhard und Isabella ja ‚so nett'.
Rückblickend würde ich sagen, die Entscheidung, meine Deckung mal fallen zu lassen, war eine meiner besseren. Ich hatte diese Reise angetreten, um wegzukommen und um zu fliehen. Niemals hatte ich zu hoffen gewagt, ich könnte vielleicht irgendwo ankommen.
Somit ließ ich mich in Bernhards Arme schließen, als wären wir alte Bekannte, die sich seit Jahren nicht mehr gesehen hatten. Er roch angenehm nach Sonne und nach Gewürzen oder Kräutern, die ich nicht einordnen konnte. Seine Umarmung war warm und freundschaftlich. Es hätte nicht viel gefehlt und ich wäre in dieser Position die nächste halbe Stunde geblieben. Ich glaubte, das war der erste körperliche Kontakt, den ich seit Tagen erlaubt hatte. Glücklicherweise kam eine hübsche Spanierin aus dem Tor auf die Straße und steuerte auf uns zu.
„Das ist meine Frau Isabella. Sie ist aus Madrid und nach La Gomera gezogen, um mit mir hier zu leben. Ich wüsste nicht, was ich ohne sie täte."
Bernhard löste sich sanft von mir und legte den Arm um seine Frau.

„Hola. Qué tal?“, sagte ich und streckte die Hand aus.
„Willkommen“, erwiderte Isabella und nahm meine angebotene Hand in ihre beiden.
„Kiki! Wir haben dich ja ewig nicht mehr gesehen. Wie geht es deinen Eltern? Schön, dass du auch da bist. Komm‘ bitte herein und ich koche uns einen Tee.“
Ich holte mein Gepäck aus den Wagen und wir gingen hinein. Als wir durch das große weiße Tor traten, hatte ich das Gefühl, mit diesem einen Schritt in eine andere Welt gelangt zu sein. Draußen auf der Straße brannte die Sonne und das Pflaster war staubig und schmutzig. Hier im Garten herrschte ein buntes Treiben von Vögeln, die sich in einem Garten tummelten, der außergewöhnlich vielfältig war. Es standen hier die typischen kanarischen Pflanzen wie Oleander, Hibiskusbüsche und Palmen auf einem großen Rasen mit angelegten Wegen und einem kleinen Springbrunnen. Ich fand es magisch.
„Bitte, Ane, hier entlang. Du musst müde sein von der Reise. Ich zeige dir erst einmal deine Behausung und danach kannst du entscheiden, ob du mit uns zusammen noch auf der Terrasse sitzen möchtest, okay?“
Ich nickte dankbar. Ich glaubte mittlerweile voll und ganz, dass ich hier gut aufgehoben war. Bernhard nahm mir meinen Koffer ab und schob mich Richtung Garten.
„Dein Haus ist da drüben“, sagte er und zeigte mit dem Finger zum anderen Ende des Grundstücks.
Ich folgte ihm und sah mich gleichzeitig um. Was für ein Paradies. Wir gingen über die Rasenfläche, die wahrscheinlich jeden Engländer neidisch gemacht hätte, zu einer Art Steinplateau auf dem ein altmodischer Pavillon stand. In einer Ecke saß auf einem gro-

ßen ausladenden Rattanstuhl ein älterer Mann, der konzentriert ein Buch las.

„Hallo Professor. Sehe ich Sie später zum Yoga?“, rief Bernhard zu ihm herüber.

Der Professor sah kurz von seinem Buch auf, winkte ab und vertiefte sich wieder in seine Lektüre.

„Das ist nicht gerade ein Kandidat, den ich mir in einem Yoga Center vorgestellt hätte“, sagte ich zu Bernhard.

„Da hast du recht, Ane. Aber Professor Alfred ist nicht hier, um Yoga zu machen, sondern weil er nachdenken will. Wir sind ein Retreat und das heißt auch, dass wir hier Gäste haben, die ihre Ruhe brauchen“, erklärte Bernhard.

„Hier ist dein Häuschen. Ich hoffe, es gefällt dir. Isabella war Innenarchitektin in Madrid. Sie hat die Einrichtungen entworfen und sich an sämtlichen Urvölkern der Welt orientiert. Dein Haus hat etwas von den Nomadenvölkern aus der Sahara. Du weißt, Afrika ist nur ein paar Kilometer weit weg, oder?“, fragte er, „Ich hoffe, es wird dir gefallen.“

Wir kamen zu einem kleinen unscheinbaren Häuschen aus Holz.

Sehr beeindruckt war ich nicht, aber ich war mittlerweile so müde, dass ich auch eine Hostelbaracke akzeptiert hätte.

Aber nein, wie falsch ich doch lag.

Bernhard öffnete die Tür der Hütte und ließ mich eintreten.

„Wow! Bernhard, ich fasse es nicht. Heute Morgen bin ich in der Hölle aufgewacht und heute gehe ich im Himmel schlafen. Wie schnell sich Dinge doch ändern können...“

Den letzten Satz hatte ich etwas leiser und eher zu mir selber als zu Bernhard gesagt, aber er lächelte mich an und erwiderte:
„Und das ist deine persönliche Erkenntnis des Tages. Du bist eine weise Frau, Ane."
Ich glaubte eher, dass ich immer noch stoned war, aber das behielt ich wohl lieber für mich.

In A Gadda Da Vida...

(Iron Butterfly)

Bernhard verließ mich und meine erste Amtshandlung war, die große Terrassentür vor meinem Bett zu öffnen. Das Häuschen war von innen wunderschön, und ich fühlte tiefe Dankbarkeit in mir aufkommen. Seit heute Morgen hatten sich viele Dinge in meinem Leben bereits geradegerückt. Ich hatte eine neue Freundin gefunden und einen Platz, wo man mich in Ruhe nachdenken ließ. Des Weiteren hatte ich einen kleinen Blick auf den Teil meiner Persönlichkeit werfen dürfen, den ich für lange Zeit für verschollen gehalten hatte; die Rebellin Ane, die mitten in der Pampa einen Joint rauchte und dann mit einem nicht zugelassenen Auto über eine kanarische Insel heizte. Oder vielmehr, die überredet worden ist, Gras zu rauchen und es gemacht hatte, ohne es zu wollen und sich in einem Auto mitnehmen ließ, weil sie zu bequem war, Bus zu fahren. Ansichtssache!
Ich zog meine Schlappen aus und legte mich auf mein Bett. Es war riesengroß und hatte frische weiße Bettwäsche aufgezogen, die nach frischer Meeresluft duftete.
Wahrscheinlich hatte Isabella sie zum Trocknen nach draußen gehängt, träumte ich vor mich hin. Große

weiße Laken, die im Wind flatterten, während die Sonne auf sie schien...
Meine Gedanken schwebten wie auf Wolken, und ich merkte bei jedem Atemzug, wie sich meine Muskeln immer weiter entspannten.

Als ich aufwachte, war es draußen schon leicht dämmerig geworden.
„Oh nein, ich habe verschlafen. Verdammt."
Ich sprang hektisch auf, suchte, immer noch nicht Herr meiner Sinne, mein Telefon und fand es natürlich nicht.
„Mist, Mist, Mist", fluchte ich vor mich hin.
In Windeseile zog ich meine Schuhe an und lief aus dem Haus, über den Rasen -Richtung Haupthaus.
Auf der großen Terrasse standen noch Stühle und ein großer Esstisch, aber ich konnte niemanden entdecken.
Wo sind denn alle, fragte ich mich. Aus dem Haus kam leise Gitarrenmusik und ich beschloss, einfach den Lauten zu folgen.
Ich ging durch die offene Tür in einen großen Raum mit vielen Sesseln und Sofas, wohl eine Art Aufenthaltsraum. Durch den Flur gelangte man in ein großes Foyer, in dem nichts stand, außer einem runden Tisch in der Mitte mit einer großen rustikalen Vase mit bunten Wildblumen. Am Ende des Foyers sah ich einen Lichtschein aus einem der Zimmer kommen.
Da spielte also die Musik, ab in das Getümmel, feuerte ich mich an.
Keine Zeit für Schüchternheit: ich brauchte unbedingt etwas zu essen.
„Ane, da bist du ja. Hast du geschlafen? Du kommst gerade zur rechten Zeit, um mit uns zu Abend zu essen."
Bernhard saß in einem alten Stuhl, der mit bunten De-

cken und Kissen ausgelegt war, und spielte leise mit seiner Gitarre, während er mit mir redete.

Isabella und eine ältere spanische Dame standen an einem antik aussehenden Herd und prüften gerade mit einem großen Suppenlöffel, ob ihnen ihre Kreation gelungen war. Zufrieden nickten sie sich zu und besprachen auf Spanisch anscheinend ihren nächsten Arbeitsschritt.

Erst als ich „Buenos días!“ sagte, drehten sich beide um und grüßten.

„Setz dich, Ane, du musst halb verhungert sein. Isabella und Tita haben heute Gemüsesuppe für uns gekocht, auf traditionelle kanarische Art. Du wirst sehen, du wirst sie lieben.“

„Ich liebe sowieso schon alles hier“, rutschte es mir heraus.

„Das ist gut, meine Liebe. Das heißt, dein Herz ist wieder erwacht und wenn das jetzt schon der Fall ist, dann steht deinem restlichen Werdegang nichts mehr im Weg.“

Bernhard sagte die Worte eher beiläufig, aber mich ließen sie mit einem großen Fragezeichen auf meiner Stirn zurück.

Werdegang? Mein Misstrauen setzte wieder ein. Oh nein, ich war in einer Art Sekte gelandet. Sie würden mein Gehirn waschen, mich zwingen alles andere in meinem Leben aufzugeben und dann meine Ersparnisse verpulvern. Meine Gedanken fingen an, sich zu überschlagen.

Beruhige dich, Ane, befahl ich mir selber. Alle hatten gesagt, dass die beiden in Ordnung waren. Kiki hatte einen ganz verzückten Gesichtsausdruck, als sie von Bernhard und Isabella sprach und sie war schließlich ebenfalls normal.

Was man halt so für normal hält.
Apropos...
„Wo ist Kiki? Ich hatte mich mit ihr heute Nachmittag zum Kaffee verabredet, aber ich habe sie leider versetzt“, sagte ich etwas zerknirscht.
„Sie ist vor ungefähr einer Stunde gegangen, aber mache dir keine Sorgen. Sie ist bei einem Freund in Vueltas und wie ich sie kenne, taucht sie hier morgen früh zum Frühstück auf.“
„Ich bin normalerweise nicht der Typ, der Termine nicht einhält.“
„Ane, entspanne dich. Kiki hatte hier einen schönen Nachmittag mit uns. Aber wenn du dich unwohl fühlst, ruf sie an und sprich mit ihr.“
Anrufen, oh nein! Ich sollte Clarisse anrufen. Und die Schule. Und wieder: Oh nein!
„Kann ich vielleicht euer Festnetz benutzen? Mein Smartphone ist weg und ich muss unbedingt telefonieren.“
„Klar. Im Wohnzimmer neben dem Sofa steht ein Telefon. Wenn du mit uns essen möchtest, dann sei in einer halben Stunde wieder hier. Ich mache auch eine Flasche von unserem besten Rotwein auf, zur Feier des Tages.“
„Danke, Bernhard. Ich bin in einer halben Stunde wieder da.“
Ich ging zurück in meine Behausung, um Kikis Visitenkarte zu holen, die sie mir im Café gegeben hatte. Als ich es mir im Haupthaus auf dem roten Samtsofa gemütlich gemacht und das alte Telefon auf meinem Schoß platziert hatte, fiel mir auf, dass ich Clarisses Telefonnummer nicht aus dem Kopf wusste.

Alles, was ich normalerweise an Informationen brauchte, war in meinem Smartphone eingespeichert. Ich war verloren.
Gab es noch so etwas wie eine Telefonauskunft?
Wie typisch für mich, dachte ich. Ich kann mich nicht an die Telefonnummer erinnern, die mir hilft, eine Telefonnummer zu finden. Catch- 22.
Ich versuchte verzweifelt, mir den Werbespot der Telekom im Fernsehen in mein Gedächtnis zu rufen, der in den 90er Jahren in einer Endlosschleife gezeigt wurde. Damals, als man noch nicht jede Information selber aus dem Internet ziehen konnte, war man tatsächlich auf Telefonbücher und Lexika angewiesen.
Bizarr, wenn man heutzutage darüber nachdachte.
Ich wählte die deutsche Vorwahl und die 11880.
„Telekom Auskunft, was kann ich für Sie tun?“
Ich war ein Genie, tätschelte ich mir selber die Schulter.
„Ja, guten Abend. Ich brauche bitte die Nummer von Clarisse Hölderlin in Hamburg Eppendorf, Ungerstraße 12.“
„Einen kleinen Moment, bitte. Soll ich die Nummer ansagen oder Sie gleich weiter verbinden?“
„Verbinden, bitte“, ich hatte noch nicht einmal einen Stift parat.
„Ich verbinde Sie. Vielen Dank und auf Wiederhören.“
Es knackte in der Leitung.
„Hallo?“, hörte ich Clarisses Stimme.
„Ich bin es, Ane. Reiß mir bitte nicht den Kopf ab, ich habe mein Telefon verloren. Ich konnte nicht anrufen. Bitte sei nicht böse“, bettelte ich.
Keiner konnte so ungnädig böse werden wie Clarisse.
„Mensch, Ane. Ich habe mir große Sorgen gemacht. Wie geht es dir?“

Das war nett und überraschend. Vielleicht war sie krank oder betrunken?

„Mir geht es gut. Pass auf, ich gebe dir jetzt die Nummer meiner Unterkunft und du kannst mich hier jederzeit erreichen."

Ich sagte ihr die Nummer, die auf der Wählscheibe des Telefons stand.

„Ich bin in Spanien, auf La Gomera. Mache dir keine Sorgen. Ich kann nicht so lange reden, ich weiß nicht, wie teuer die Gespräche hier sind und ich möchte meinen Gastgebern nicht zur Last fallen."

„Dann ganz schnell. Ich habe mit Dr. Müller gesprochen und er gibt dir bis Montag frei, länger nicht. Ane, du musst dich kümmern, ansonsten bist du deinen Job los. Hörst du?"

„Ja, ich höre", sagte ich leise.

Ich hatte zwar nicht erwartet, einen Freifahrtschein von meinem Chef zu bekommen, aber ein Ultimatum bis Montag jagte mir dennoch einen Schrecken ein.

„Ich kümmere mich darum. Du hast genug für mich getan, Clarisse, vielen Dank. Du bist eine gute Freundin."

„Gern geschehen", antwortete sie leicht irritiert. „Das ist doch selbstverständlich. Geht es dir wirklich gut?"

„Ja. Ich muss jetzt gehen. Falls noch etwas ist, kannst du mir auch eine Email schreiben. Ich treibe hier schon irgendwo einen Computer auf, okay? Gute Nacht, Clarisse."

„Gute Nacht."

Wir legten auf.

Auch wenn man weglief, brachte man seinen Alltag doch immer mit. Ich seufzte tief. Ich musste mich entscheiden, was zu tun ist.

Aber nicht heute, morgen ist auch noch ein Tag, sagte ich mir und stand auf, um diesem wunderbaren Duft zu folgen, der aus der Küche kam.

After all,tomorrow is another day!

(Scarlett O'Hara)

Der Morgen kam und es heißt zwar immer, dass das Gehirn in der Nacht seine Gedanken sortiert und man schlauer aufwacht, aber in meinem Fall war ich mir da höchst unsicher.

Ich hatte das Gefühl, mein Gehirn hatte ebenfalls geschlafen und das hieß, ich musste jetzt und hier eine Entscheidung treffen.

Heute war Donnerstag, mir blieben demnach noch vier Tage auf La Gomera, um mein Leben zu sortieren und dann zurück nach Hamburg zu fahren.

Oder ich blieb hier und fing neu an. Ich nahm mir einfach die Zeit, die ich brauchte, und pfiff auf alle Konventionen.

Wie konnte man nur erst fünf Minuten wach sein und vom vielen Denken bereits wieder müde werden?

Dieser innere Monolog war weder konstruktiv noch produktiv, sagte ich mir wie eine echte Lehrerin mit erhobenem Zeigefinger.

Ich saß in meinem Meeresluftbett und raufte mir die Haare.

Wie kann man sich das Leben so schwer machen, wenn man sich gerade an einem so paradiesischen Ort befindet?

Ich stand auf und öffnete weit die Terrassentür. Die Morgenluft strömte in mein Schlafzimmer. Fantastisch. Barfuß und in meinem Nachthemd ging ich auf mein Terrassendeck, das etwas erhöht gebaut war. Mein Haus lag auf einem der Hügel und somit hatte ich einen wunderschönen Ausblick ins Grüne. Der Himmel war blau, die Sonne schien und die Luft war frisch. Herz, was begehrst du mehr?

„Ich gehe jetzt frühstücken", sagte ich zu dem Spatz, der sich auf meinen Deckchair gesetzt hatte, „und wenn du mir nicht alles vollkackst, bringe ich dir ein paar Krümel mit."

Ich zog mich an und verließ mein Haus. Ich hoffte nur, ich kam nicht zu spät zum Frühstück.

Ich ging wieder über den Rasen Richtung Haupthaus. Auf dem Weg dahin sah ich Bernhard mit einer Gruppe Menschen Yoga machen. Alle verharrten konzentriert in ihrer Position, nur Bernhard sah mich und winkte mich heran.

Meine erste Reaktion war eher ein Fluchtgedanke, aber da ich ihn nicht enttäuschen wollte, ging ich zu ihnen hinüber.

„Darf ich vorstellen, Leute, das ist Ane. Sie kommt aus Hamburg und wohnt seit gestern bei uns."

„Namasté", sagte die Gruppe brav im Chor.

Schräg, dachte ich.

„Namasté", erwiderte ich artig.

„Hast du schon einmal Yoga gemacht, Ane?", fragte mich Bernhard.

Ich nickte.

„Wunderbar. Dann kannst du ja die letzten zehn Minuten direkt einsteigen. Wir machen hier Yin Yoga. Das ist nicht sehr schwierig und sehr effektiv. Es beruhigt den Geist und dehnt den Körper."

Na, dann mal los, dachte ich mir, vielleicht bot mir das Leben gerade an, was ich brauchte. Ich nahm mir eine der Matten und folgte Bernhards Anweisungen. Kurz darauf hockte ich in der Butterfly Position auf der Erde und hätte am liebsten laut geflucht.

Wäre ich doch bloß weitergelaufen direkt zu Isabellas wahrscheinlich köstlichem Frühstück. Stattdessen erlitt ich gerade Höllenqualen und bezweifelte, dass ich je wieder laufen könnte.

„Noch vier Minuten", sagte Bernhard an.

Ich stöhnte laut.

Er kam zu mir herüber und legte seine Hand auf meinen gekrümmten Rücken.

„Du bist ja total verkrampft, Ane. Das ist hier kein Wettbewerb, du musst dich lockern."

„Wie denn bei diesen Schmerzen?", blaffte ich ihn an. Der war witzig.

„Yin Yoga hat etwas mit Loslassen zu tun. Lass los, Ane", fuhr er fort.

Seine Stimme beruhigte meine Nerven.

Am liebsten wäre ich aufgestanden, aber die Blöße wollte ich mir nicht geben.

Und so fand ich mich in meine Position hinein.

Meine Wirbelsäule und mein Nacken schmerzten und wenn ich mir es recht überlegte, meine Hüften taten auch weh.

Ich atmete tief ein und aus, so wie ich das in meinen Hamburger Yogastunden gelernt hatte. Langsam, ganz langsam spürte ich, wie mein Körper auf meine Position reagierte. Meine Knochen und Muskeln schienen

sich neu zu ordnen und meine Atmung wurde ruhiger.
„Löst euch langsam aus der Position und legt euch zur Entspannung auf den Rücken."

Ich spürte die Matte unter meinem Körper und schloss die Augen.

Dieser Teil der Yogastunde war mir immer der liebste. Obwohl ich meistens auf dem Boden eines Studios lag und nicht in einem Paradies wie heute.

Meine Gedanken flogen in die Ferne und ich spürte nur noch meinen Körper und die Natur um mich herum.

Neben mir entstand Bewegung; die anderen Yogateilnehmer hatten ihre Entspannung bereits beendet und kehrten in die Realität zurück.

Ich setzte mich auf und schaute mich um. Jeder schien nur mit sich selber beschäftigt zu sein, ich fand das erfrischend.

In die Wirklichkeit zurückgekehrt, merkte ich nun, dass ich Hunger hatte.

Ich ging wieder auf den Pfad zurück und kam zum Haupthaus. Auf der Terrasse saß Professor Alfred, den ich gestern bereits gesehen hatte, als er in ein Buch vertieft war.

Heute hatte er das Buch gegen eine Zeitung ausgetauscht, die seine halbe Erscheinung verdeckte.

Ich erkannte ihn nur, weil er denselben Anzug wie am Tag zuvor trug, der aussah wie aus den zwanziger Jahren des letzten Jahrhunderts.

„Guten Morgen, Professor Alfred."

„Guten Morgen, mein Kind."

Er hatte natürlich keine Ahnung, wer ich war.

Ich ging hinein und holte mir mein Frühstück in der Küche ab. Isabella und ihre Hilfe Tita hatten in der Küche ein großes Buffet mit sämtlichen Leckereien aufgebaut, somit erwies sich meine Befürchtung, hier nichts Vernünftiges zu essen zu bekommen, als komplett unbegründet. Ich nahm mir Müsli mit Früchten und Mandelmilch, einen starken Kaffee und eine Scheibe Brot mit Avocado, stellte alles auf ein Tablett und sah mich nach einer Sitzgelegenheit um.

„Du kannst dich in unseren Frühstücksraum oder auf die Terrasse setzen. Du kannst dein Tablett aber auch in dein Haus mitnehmen, wie du willst."

Isabella hatte meine Unsicherheit gemerkt und machte Anstalten, mich zum Frühstücksraum zu geleiten.

„Danke, Isabella, aber ich glaube, ich gehe auf die Terrasse und genieße den Sonnenschein."

Ich nahm mein Tablett und ging zurück zum Professor. Ich setzte mich etwas weiter von ihm weg, damit er sich nicht verpflichtet fühlte, mit mir einen Smalltalk zu starten.

„Oh, ich habe Gesellschaft. Wundervoll. Sie sind aus Hamburg und heißen Ane, nicht wahr? Ungewöhnlicher Name, Ane", bemerkte er.

„Und Sie sind Professor Alfred, aber ich weiß leider nicht, woher Sie kommen."

Ich war überrascht, dass er meinen Namen wusste. Gestern hatte er kaum von seinem Buch aufgesehen, als wir ihn getroffen hatten.

„Professor Alfred also", schmunzelte er, „dieser Bernhard, so ein Scherzbold."

„Ist das nicht Ihr Name? Entschuldigen Sie bitte."

Ich war verwirrt.

„Nein, nein. Schon gut, Ane. Es ist nicht Ihre Schuld. Bernhard gibt seinen Gästen gerne Spitznamen. Namen, die den Charakter oder die Leidenschaften einer Person zum Ausdruck bringen sollen."

Er nahm seine Nickelbrille ab und putzte sie am Tischtuch, danach setzte er sie wieder auf und betrachtete mich von oben bis unten.

Ich war etwas irritiert. Wahrscheinlich versuchte er mich gerade einzuschätzen und mir war das etwas unangenehm.

„Mein richtiger Name ist Erich Lange. Sie können aber weiterhin Professor Alfred zu mir sagen, wenn es Ihnen Spaß macht. Mir gefällt das“, sagte er etwas belustigt.

„Wie kommt Bernhard denn auf diesen Namen?“, fragte ich.

„Ich habe lange, lange an der Universität zu Münster unterrichtet. Also ist Professor gar nicht so falsch. Und da mein Steckenpferd Alfred Adler war, ergibt sich wohl auch der Rest.“

„Alfred Adler?“, überlegte ich. „Ich glaube, diesen Namen schon mal während meines Studiums gehört zu haben. Ich bin Lehrerin.“

„Sehr schön. An vorderster Front von Bildung und Erziehung. Sehr schön.“

Ich wusste ehrlich gesagt nicht, ob er diesen Kommentar ernst meinte oder mich gerade auf die Schippe nahm. Er hatte so einen verschmitzten Zug um die Augen, so eine Art Zwickern, wenn er mit einem redete.

„Ich bin nicht überrascht, dass Sie den Namen schon einmal gehört haben. Alfred Adler war einer der größten Psychotherapeuten der Menschheitsgeschichte, aber das ist nur meine persönliche Meinung.“

„Sehr interessant“, schwindelte ich.

Ich fand Psychologie und Pädagogik immer etwas schwammig und konnte den Theorien der ganz großen Menschenkenner nie viel abgewinnen.

„Oh, ich sehe schon, eine Skeptikerin."

Mist, erwischt.

„Ich mache Ihnen ein Angebot. Ich erzähle Ihnen später etwas aus meinem idealistischen Nähkästchen und Sie geben dann Ihre Meinung zum Besten. Abgemacht?"

„Mhm, okay. Abgemacht. Ich freu' mich darauf."

Das kann ja spaßig werden.

„Auf Wiedersehen, Ane aus Hamburg, die Skeptikerin", sagte er und faltete seine Zeitung zusammen.

Dann stand er auf und ging.

Wahrscheinlich geht er zu dem nächsten Stuhl und klappte dort sein Buch auf, dachte ich bei mir.

Ich hatte mein Frühstück beendet und brachte mein Geschirr in die Küche.

Dort hatten sich einige Gäste versammelt und unterhielten sich, während sie sich etwas von dem Buffet nahmen.

Es herrschte eine entspannte Atmosphäre und obwohl ich Menschenansammlungen nicht mochte, merkte ich, dass sich langsam ein Gefühl von Zuhause bei mir einstellte.

„Isabella, wo kann ich Bernhard finden?"

„Er ist in seinem Büro. Warte, ich zeige dir, wo."

„Aber ich will ihn nicht stören. Ich kann auch später wiederkommen."

„Sei nicht albern, Ane, du störst doch nicht, du bist unser Gast", lachte Isabella.

Albern?

Ich dachte an die Menschen in Deutschland, dort wo Distanz halten sehr oft das übliche Mittel der Wahl war. Schwer vorstellbar, dass Bernhard sich über eine Unterbrechung seiner Buchführung freute, wenn ich in sein Büro hereingepoltert kam.

In Spanien ist vieles anders, das hatte ich auch schon bemerkt.

Die Tür zum Oficina war geöffnet; vorsichtig klopfte ich an den Türrahmen.

„Ane, komm herein. Setz dich. Hat dir das Yoga gefallen? Ich gebe dir unseren Wochenplan, dann kannst du immer sehen, was los ist. Heute Nachmittag ist Tai Chi am Strand. Hast du Lust?“, plauderte Bernhard munter vor sich hin und gab mir einen Zettel.

„Danke. Ja, es war sehr schön heute Morgen, aber deswegen bin ich nicht gekommen. Ich brauche deinen Rat.“

Nimm Rat von allen, aber spar' dein Urteil.

(William Shakespeare)

„Meinen Rat?", Bernhard sah mich erstaunt an. „Bist du in Schwierigkeiten?"

„Nicht direkt in Schwierigkeiten, jedenfalls nicht mehr als sonst", fügte ich mit einem verkrampften Lächeln hinzu.

„Okay, Ane. Wie wäre es, wenn du dich erstmal hinsetzt und dann erzählst du mir, was dir auf der Seele liegt. Tee?"

Bernhard war wohl einer dieser Menschen, die fanden, dass eine Tasse Tee das Leben gleich viel angenehmer machte.

„Ja, gerne, danke."

Wir setzten uns.

Ich saß auf einem roten Loriot Sofa mit einer Tasse Kräutertee in der Hand. An meinem Hintern spürte ich die Sprungfedern und so nahm ich mir die bereitgelegte Kuscheldecke und setzte mich auf sie. Bernhard sah meine Anstrengungen und grinste mich an.

„Das Sofa hat meiner Tante Elsie gehört und ich kann mich einfach nicht davon trennen. Dabei weiß ich, dass man sein Herz nicht an Sachen hängen sollte. Ich müsste es eigentlich besser wissen."

„Kein Problem, geht schon."

Ich nahm einen Schluck, um Zeit zu gewinnen.
„Also, ich bin hierhergekommen, um nachzudenken. Mir ist in Hamburg etwas passiert, was ich verdauen muss."
Ich räusperte mich.
„Mein Verlobter hat mich verlassen und ich habe einfach nur meine Koffer gepackt. Jetzt bin ich hier und mein Chef hat mir ein Ultimatum gestellt; ich muss bis Montag wieder bei der Arbeit sein, ansonsten war es das."
„Okay und was möchtest du für einen Ratschlag?", fragte Bernhard.
„Naja, du sollst mir helfen, mich zu entscheiden. Soll ich einfach hierbleiben und meine Wunden lecken oder soll ich die Pobacken zusammenkneifen und zurückfahren?"
„Das ist eine ziemlich große Frage, die du da hast, liebe Ane." Bernhard kratzte sich am Kinn und schien nachzudenken.
„Die Antwort ist klar. Für mich, meine ich. So gerne ich dir dein Leben einfacher machen möchte, so wäre es doch nur eine scheinbare Erleichterung, wenn ich dir deine Entscheidung abnehmen sollte. Dein Leben muss von dir selber gelenkt werden, verstehst du?"
„Ja, ich weiß. Aber ich habe keine Ahnung, was ich machen soll."
Ich merkte wie mir die Tränen in die Augen stiegen.
„Ich würde dich nicht fragen, wenn ich nicht wirklich deine Meinung hören wollte."
„Meine Meinung? Die kannst du dir natürlich anhören, jedoch spiegelt diese Meinung nur meine eigene Weltanschauung wider. Etwas, was meine persönliche Perspektive auf die Dinge der Welt ist und nicht deine."
Bernhard hatte sich auf seinem Stuhl nach vorne ge-

lehnt und sah mich durchdringend an.
„Du würdest es irgendwann bereuen, dass du getan hast, was ich dir rate, weil es nicht deine eigene Entscheidung war", fügte er hinzu.
„Dann bin ich jetzt am Arsch", rutschte es mir heraus.
Bernhard sah mich belustigt an und grinste.
„Na, soweit würde ich nicht gehen. Mein Rat ist, finde selber heraus, was dir am Herzen liegt und dann handele danach."
Befriedigt mit seiner Antwort lehnte er sich zurück.
„Ich weiß nicht wie, Bernhard. Meine Gedanken sind ein einziges Karussell und ich habe nicht das Gefühl, dass ich momentan eine gute Entscheidung für mich selber treffen kann."
„Dann musst du dieses Karussell erst einmal anhalten und deinen Gedankennebel verschwinden lassen, so dass du wieder klar sehen kannst."
Es geht los, jetzt wird er zu einem dieser esoterischen Spinner, dachte ich etwas bockig.
Komischerweise sagte mir mein Inneres, dass er wahrscheinlich recht hatte.
Verdammt.
„Danke, Bernhard. Ich werde dich jetzt weiterarbeiten lassen. Schön, dass du für mich Zeit hattest."
„Immer gerne."
Ich verließ das Büro und stand etwas verloren im Foyer.
Und was nun, fragte ich mich.
Die Verantwortung lag immer noch bei mir. Entweder noch vier Tage hier im Paradies und dann zurück in mein altes Leben oder hierbleiben und einen Neuanfang wagen.
Ich raufte meine Haare und stöhnte laut.
Klassische Sackgasse.

Hör auf dein Herz, sehr komisch.

Mein Herz hatte vor ein paar Tagen den Gnadenschuss bekommen und lag seitdem im Koma. Wie sollte ich also mit diesem fast toten Patienten eine Entscheidung treffen?

„Hier bist du. Ich habe schon überall nach dir gesucht."

Wie aus dem Boden gewachsen, stand Kiki plötzlich vor mir.

„Und gefällt es dir hier? Sind es nicht reizende Leute? Ach, natürlich gefällt es dir. Warum auch nicht?"

Kiki war aufgedreht wie eh und je.

Ich persönlich war mit ihrer übersprudelnden Art ein wenig überfordert. Wo war bloß der Ausknopf?

„Ich wollte gerade in die Küche gehen und mir einen Kaffee machen. Kommst du mit?", fragte ich sie und versuchte dadurch, ihren Redefluss zu unterbrechen.

„Ja, gerne. Und dann erzähle ich dir, was ich gestern noch alles erlebt habe. Diese Geschichte wird dich umpusten", sprudelte es aus Kiki heraus.

Na wundervoll.

Als wir mit unserem Cortado auf der Terrasse saßen, erzählte mir Kiki alles, was sie seit dem gestrigen Abend erlebt hatte. Ich musste eingestehen, dass ich öfter mit meinen Gedanken abschweifte und nur die Hälfte von dem mitbekam, was Kiki zum Besten gab.

Nach einer Weile sagte sie entrüstet:

„Ich fasse es nicht, ich erzähle dir gerade von der heißesten Liebesnacht am Strand und du siehst fast gelangweilt aus. Was ist denn los, Ane?"

„Es tut mir wirklich leid, Kiki. Ich bin einfach durcheinander und kann mich nicht wirklich auf etwas anderes konzentrieren. Weißt du, ich versuche, mein weiteres Leben zu planen und bin nervös."

„Verstehe, aber besonders nett finde ich das nicht", quakte sie.

Und recht hatte sie, es ging immer nur um mich; meine Probleme, mein Verlobter, mein Job und alles andere. Ich versuchte einzulenken, schließlich hatte sie es nicht verdient, von mir nicht beachtet zu werden.

„Ich mache es wieder gut. Wie wäre es, ich lade dich heute Abend zum Essen ein? Du suchst das Restaurant aus und dann erzählst du mir alles noch mal in Ruhe, okay? Abgemacht?", bettelte ich.

„Okay, dann heute Abend. Ich werde dir das Beste von Valle Gran Rey zeigen. Schnall dich an. Es gibt nämlich einen sehr guten Grund dafür, warum hier so viele Menschen hängengeblieben sind."

Kiki nahm ihre Sachen: sie verstand wohl, dass ich alleine sein musste. Dann nahm sie mich in ihre Arme, gab mir einen Schmatzer auf die Wange und verschwand.

Ich ließ mich erleichtert auf den Rattanstuhl fallen.

„Und jetzt?", sagte ich zu mir selber.

Ich war zwar alleine, das hieß aber nicht unbedingt, dass ich schlauer wurde, oder?

„Alles in Ordnung, Ane aus Hamburg?"

Ich schrak zusammen.

Der Professor hatte wohl die ganze Zeit hinter mir auf seinem Lieblingsstuhl gesessen und gelesen. Ich hatte ihn nicht einmal bemerkt.

„Ich wollte Sie nicht erschrecken, aber Sie sahen so verzweifelt aus, da musste ich Sie einfach ansprechen. Verzeihen Sie mir, bitte."

„Professor, Sie brauchen sich doch nicht zu entschuldigen. Ich bin heute nicht ich selber und etwas daneben."

„Kommen Sie, setzen Sie sich zu mir. Sprechen Sie, was belastet Sie?"

Sollte ich meine Sorgen und Nöte schon wieder zum Besten geben? Nur um zu hören, dass ich meine Entscheidungen selber zu treffen hatte? Ich war mir unsicher, ob ich diese Antwort auf meine Fragen wirklich schon wieder hören wollte.

„Na los, Kind. Ich bin zwar alt und müde, aber ein guter Zuhörer und was haben Sie schon zu verlieren?“

Nicht ernst genommen zu werden, um nur ein Beispiel zu nennen, dachte ich bei mir.

Professor Alfred hatte es sich in seinem Stuhl bequem gemacht und seine geliebte Zeitung weggelegt, um mir seine hundertprozentige Aufmerksamkeit zu schenken. Er putzte seine Brille mit seinem Stofftaschentuch, setzte sie wieder auf die Nase und zwinkerte mich an. Na dann mal los...

Ich erzählte meine Geschichte.

Alles, was mir in den letzten Tagen in Hamburg passiert war und alles über das Dilemma, in dem ich nun steckte.

Should I stay or should I go?

(The Clash)

„Entscheidungen zu treffen, gehört zu den Hürden des Lebens“, sinnierte Professor Alfred.

„Manchmal ist man wie gelähmt und dann fangen die meisten an zu analysieren. Die Menschen haben die Tendenz, erst den Kopf anzuschalten, damit sie davon ausgehen können, dass die Wege, die sie einschlugen, auch die richtigen waren.“

Wir saßen auf der Terrasse vor dem Haupthaus, man hörte die Vögel im Garten zwitschern und eine angenehme Brise kam von den Bergen. Und wir saßen hier und ich fühlte mich traurig und ausgebrannt. Auch wenn das, was mir in meinem Leben gerade passiert war, nicht das Allerschlimmste gewesen war, was einem Menschen je zugestoßen ist, belastete mich meine Situation schon sehr.

Ich hatte mich jahrelang durch mein Studium gequält und auf vieles verzichtet.

Der Job, den ich in Hamburg bekam, war in vielerlei Hinsicht ein Sechser im Lotto gewesen.

„Ich kann meine Arbeit nicht aufgeben. Ich muss zurück. Nur wenn ich daran denke, dass ich am Montag wieder in der Schule sitze, wird mir übel. Es fühlt sich falsch an.“

Professor Alfred runzelte die Stirn.

„Liebe Ane, wenn du erlaubst, erzähle ich dir etwas von dem Mann, den ich so verehre und der mir meinen Spitznamen eingebracht hat.“ Er richtete sich auf, als hätte er eine wichtige Ankündigung zu machen.
„Dr. Alfred Adler. Er hat vor ungefähr einhundert Jahren gelebt und sich damals seine eigenen Gedanken zu den Menschen und wie sie funktionieren gemacht. Obwohl seine Theorien nicht die neuesten sind, haben sie immer noch Bestand in unserer Welt.“
Professor Alfred sah mich auffordernd an.
„Natürlich, bitte Professor. Wenn Sie nur ein kleines Licht in meine Dunkelheit bringen können, bin ich ganz Ohr.“
Ich war dankbar über die Aufmerksamkeit, die er mir schenkte.
„Ich will Sie nicht mit Details langweilen, es ist ein sehr komplexes Thema, nur soviel: Adler sah die Schwächen unserer menschlichen Persönlichkeit und er erkannte den Grund dafür; den Grund, warum wir so sind wie wir sind.“
Okay, jetzt war ich gespannt.
„Wir tragen alle ein Minderwertigkeitsgefühl in uns und das versuchen wir auszugleichen. Wir richten unser Leben nach Liebe und Anerkennung aus und treffen unsere Entscheidungen immer wieder nach diesen Beweggründen.“
Mein Gesichtsausdruck war wohl eindeutig verwirrt, denn der Professor grinste mich wohlwissend an, als hätte er nichts anderes erwartet.
Er hatte anscheinend das Gefühl, er hätte mir den Sinn des Lebens zu Füßen gelegt und ich war mir dieser Bedeutung nicht einmal im Klaren.
„Liebe Ane, verzweifeln Sie bitte nicht. Ich werde es

Ihnen erklären. Ein wenig überspitzt, damit es für Sie Sinn ergibt, in Ordnung? Reine Theorie."

Ich nickte.

„Sie haben gerade das Problem, sich nicht entscheiden zu können oder zu wollen. Und ich sage Ihnen, dass Ihnen Ihr eigenes Ego ein Bein stellt."

Er lehnte sich zurück und sah mich zufrieden an. Erwartete er jetzt eine Reaktion, eine schlaue Frage? Ich war irritiert, noch mehr als vorher.

„Sie sind verlassen worden, das alleine ist schon schwer für Ihr Ego zu verkraften, und außerdem ist Ihr Job in Gefahr. Zwei von drei Lebensbereichen, die momentan im Argen liegen."

„Lebensbereiche? Meinen Sie, mein Leben ist in Bereiche aufgeteilt?"

„So ähnlich. Sehen Sie, Adler sagt, dass der Mensch drei Bereiche in seinem Leben ausfüllen muss, um so etwas wie Zufriedenheit zu spüren. Der erste Bereich ist der ‚Ich und Du' Bereich, das ist Ihre Beziehung zu einem Partner und Ihre persönlichen Bedürfnisse."

„Der Beziehungsbereich ist mir bisher nicht besonders gut geglückt", sagte ich nachdenklich.

Seit meiner Jugend war ich auf der Suche nach Mr. Perfect, aber er kam und kam nicht. Stattdessen küsste ich einen Frosch nach dem anderen.

„Haben Sie sich vielleicht schon mal gefragt, warum das so ist?", fragte mich Professor Alfred.

„Vielleicht habe ich keine gute Menschenkenntnis. Ich scheine immer die Männer attraktiv zu finden, die mich früher oder später enttäuschen."

„Wenn ich Sie reden höre, Ane, verfahren Sie mit Ihrer Beurteilung sehr einseitig. Sie scheinen eine Erwartungshaltung zu vertreten, die Ihnen sagt, was Sie verdient haben. Eine kurze Frage an Sie: Haben Sie in Ihren Beziehungen auch einfach nur geliebt? Ohne etwas zurückzuerwarten, meine ich."

„Wie meinen Sie das, Professor? Ich verstehe nicht, was Sie mir vorwerfen. Der letzte Mann hat mich ein Jahr lang belogen und heiratet jetzt eine Frau, mit der er mich betrogen hat. Wenn Sie andeuten möchten, dass ich selber Schuld gehabt habe, muss ich Ihnen vehement widersprechen."

Das war doch die Höhe. Ich werde verlassen und nun soll ich mir eingestehen, dass ich dafür die Verantwortung trage. Ich schnaubte vor Entrüstung.

Der Professor schmunzelte über meinen kleinen Temperamentsausbruch.

Ich konnte mir vorstellen, dass es mehr brauchte, um ihn aus der Fassung zu bringen.

„Nichts von dem, was wir hier besprechen, ist eine Anklage an Ihre Persönlichkeit. Ich möchte Sie auf die nächste Stufe Ihrer Entwicklung bringen. Schwächen haben wir alle, Ane, bewusste oder unbewusste. Wir alle sind egoistisch und neurotisch."

„Also, wenn Sie mir sagen, dass alle Menschen schwach sind, wozu denn überhaupt der Aufwand? Anscheinend kommen wir nicht gegen unsere Natur an."

Ich zuckte die Schultern.

Langsam wusste ich nicht mehr, worauf der Professor hinauswollte.

„Es ist ganz einfach: Wir sind alle schwach und wir wollen alle anerkannt und geliebt werden. Derjenige aber, der an sich arbeitet und sich entwickelt, der wird mit seinem Leben zufriedener als andere sein."

„Was soll ich denn unter diesen drei Lebensbereichen verstehen?"

„Erst kommt der ‚Ich und Du' Bereich. Das ist die Beziehung. Eine Beziehung, in der ich nicht nehme, sondern gebe. Ich gebe in meine Beziehung alle Liebe, die ich mobilisieren kann."

„Das ist ja total einfach", kommentierte ich leicht spöttisch.

„Der Nachteil wird dann wohl sein, dass ich immer diejenige sein werde, die den Kürzeren zieht."

Der Professor bemerkte meinen Unterton, schaute aber geflissentlich darüber hinweg.

„Ane, die Liebe ist doch kein Kampf, den man gewinnt oder verliert. Liebe ist Liebe. Ich persönlich bin der festen Meinung, wenn ich meiner Partnerin oder meinem Partner meine Liebe schenke, ohne Bedingungen zu stellen, dann kommt sie auch genauso wieder zu mir zurück."

„Oder auch nicht", entgegnete ich etwas bitter.

„Liebe Ane, tun Sie bitte mir und sich selber den Gefallen und probieren Sie es aus. Suchen Sie sich einen Partner, der zu Ihnen passt und mit dem Sie etwas verbindet. Jemanden, der sie in irgendeiner Form anspricht und dann legen Sie ihm Ihre Liebe zu Füßen."

In meinem Kopf schwirrten viele Fragen, aber trotzdem setzte bei mir ganz langsam so etwas wie Verständnis ein. War es unser eigenes Ego, das uns immer wieder ein Bein stellte und uns da landen ließ, wo wir angefangen hatten? Mein Ex-Verlobter war alles, was ich mir wünschte: groß, sportlich, witzig und karriereorientiert.

Ich hatte unser Leben zwei Wochen nach unserem ersten Treffen bereits verplant: Kinder, Haus im Grünen, gute Jobs und Freunde, die zum Brunch kamen. Wenn ich darüber nachdachte, hatte ich ihn nicht ein-

mal gefragt, was er wollte. Ich hatte alles gegeben- so dachte ich immer -ich war klug, gesellig und sexy und wusste, was ich wollte.
Aber bedingungslose Liebe? Davon war ich Lichtjahre entfernt...

Talking 'bout the stuff that don't wear off. It don't fade.

(2Pac)

„Ich kann Sie nachdenken hören", witzelte der Professor.

„Denken Sie ruhig, aber grämen Sie sich nicht wegen der vielen Entscheidungen, die Sie in der Vergangenheit lieber anders hätten treffen wollen."

„Ich würde trotz meiner momentanen Verwirrtheit doch noch gerne die anderen beiden Lebensbereiche hören, die uns glücklich machen sollen."

„Das mit dem Glück ist so eine Sache, Ane. Ich kann Ihnen natürlich von dem erzählen, was ich persönlich zu meinem Lebensmotto gemacht habe und bei jeder Entscheidung mit einbeziehe, aber ein Garant für tagtägliches Glück ist es nicht."

„Ich möchte es trotzdem wissen. Ich weiß, dass Sie mir nichts garantieren. Wer kann das schon?", erwiderte ich.

Bei allem Widerstand hatten mich die Worte des Professors nachdenklich gemacht.

Es schien mir, dass er versuchte, mir einen Lebensbauplan in die Hände zu geben und ich musste nur noch zugreifen.

„Die anderen beiden Lebensbereiche nach Adler sind einfach, Ane. Vom Verstehen her, meine ich. Die Durchführung ist die Herausforderung."

Der Professor machte es sich in seinem Stuhl bequem; wahrscheinlich wollte er Spannung aufbauen, dachte ich leicht belustigt.

„Es geht darum, einen Beruf auszuüben oder einen Job.

Eigentlich ist es egal, was es ist. Natürlich sollte die Arbeit mit den eigenen Wertvorstellungen einhergehen können, aber hauptsächlich geht es darum, mit einer Arbeit seinen Lebensunterhalt zu verdienen."

„Das ist leicht für mich", nickte ich zufrieden vor mich hin. "Ich habe seit meiner Jugend gearbeitet. Mit 16 hatte ich meinen ersten Job in einer Druckerei. Ich habe in diesem verstaubten Büro gesessen und Rechnungen per Hand geschrieben. Ich mochte das."

Ich schwelgte in meiner Vergangenheit. Für mich hatte Geld verdienen immer oberste Priorität gehabt. Ich konnte mich nicht daran erinnern, jemals kein Geld gehabt zu haben. Es war für mich lebensnotwendig, ein gefülltes Bankkonto zu haben. Nur wenn ich darüber nachdachte richtig glücklich hatte es mich nicht gemacht, vielleicht ruhiger.

„Ich sehe schon ", sagte der Professor, „darüber müssen wir uns keine Sorgen machen. Sie haben die berufliche Ebene im Blick. Nur sollten Sie diesem Bereich bei der Entscheidung, die Sie gerade zu treffen haben, ausreichende Beachtung schenken, denn auch er ist wichtig für Ihre Zufriedenheit."

Bei dem Gedanken an mein Debakel seufzte ich tief. Der Professor hatte natürlich recht.

Blieb mir tatsächlich nichts anderes übrig, als meine Taschen zu packen und zu meinem alten, gewohnten Leben zurückzukehren?

„Es gibt immer mehr als eine einzige Möglichkeit, Ane", stellte der Professor fest.

Konnte er etwa meine Gedanken lesen oder sah er einfach nur die Verzweiflung in meinem Gesicht?

„Darf ich Sie fragen, warum Sie es sich so schwer machen?"

Ich zuckte die Schultern.
Was sollte ich bitteschön auf diese Frage antworten?
„Was ist der dritte Bereich, Professor?“, versuchte ich ihm auszuweichen.
„Ich persönlich finde, dass dieser von allen dreien der am leichtesten Durchzuführende ist. Er betrifft die Gemeinschaft.“
„Welche Gemeinschaft?“, fragte ich verwundert, „Kirche oder so etwas wie Familie?“
„Nein, viel einfacher. Die Weltgemeinschaft. Alles und jeder.“
Der Professor schmunzelte.
„Aber ich kann doch nicht die ganze Welt auf meinen Schultern tragen; ich schaffe es kaum, mich um mich selber zu kümmern.“
So ein Spinnkram, fluchte ich innerlich.
„Nicht doch. Sie sollen doch nur Ihren Beitrag leisten, nichts weiter. Keiner kann sich um alles kümmern, aber wenn jeder von uns es als seine Aufgabe betrachtet, einen Unterschied zu machen, dann wäre die Welt erstens ein besserer Ort und zweitens hätte jeder ein zufriedeneres Leben.“
„Ganz einfach also.“
„Ich finde schon. Suchen Sie sich etwas, das Ihnen am Herzen liegt und legen Sie los. Die einzige Bedingung ist, dass Sie es ohne Erwartungshaltung erledigen. Machen Sie es nicht, weil Sie es brauchen, dass man Ihnen auf die Schulter klopft, oder um Ihren Namen auf einer Dankestafel zu sehen. Es ist für Ihre Zufriedenheit und nicht etwa für Ihr Ego, verstehen Sie?“
Ich nickte.
„Aber Professor, ich bin doch schon in der Schule und kümmere mich ständig um soziale Angelegenheiten.

Ich hatte immer das Gefühl, ich würde schon genügend unternehmen."

„Das ist sehr löblich von Ihnen, natürlich. Sie müssen sich für etwas außerhalb Ihres Jobs entscheiden. Spenden Sie zum Beispiel an eine Organisation, die Ihnen etwas bedeutet."

„Ich glaube, ich fange an, Sie zu verstehen, Professor. Aber würde es Ihnen etwas ausmachen, wenn ich Sie nun allein ließe? Ich möchte mich ein bisschen ausruhen."

„Natürlich, mein Kind. Gehen Sie ruhig. Falls es noch irgendetwas gibt, fragen Sie mich bitte jederzeit. Sie wissen ja, wo Sie mich finden."

„Vielen Dank für Ihre Zeit, Professor. Ich komme darauf zurück. Bestimmt!"

Ich erhob mich und wandte mich zum Gehen.

„Ane?"

„Ja, Professor."

„Egal, welchen Weg Sie einschlagen, entscheiden Sie aus dem Herzen. Das ist das Wichtigste im Leben, jedenfalls nach meiner werten Meinung. Und die hat nicht immer nur etwas mit Psychoanalyse zu tun, wissen Sie?"

„Danke, Professor Alfred, ich werde an Ihre Worte denken."

Ich ging langsam zu meinem Haus.

Ich betrat meinen Rückzugsort und merkte, dass mich der Vormittag ziemlich angestrengt hatte. Ich ließ mich auf mein Bett fallen und starrte an die Decke.

Draußen hörte ich die Palmen, die im Wind raschelten, und in der Ferne bellten ein paar Hunde.

Ich schloss meine Augen und entspannte meinen Körper. Ich wusste, dass man die besten Gedanken nur in

einem entspannten Zustand erreichen konnte.
„So Gehirn, sortiere mal, ich habe dich mit diesen ganzen Informationen gefüttert und jetzt mach was daraus", sagte ich laut zu mir selbst.
Gut, dass mich hier keiner hören konnte, dachte ich.

Who you gonna call -... Ghostbusters.

(Ray Parker, Jr.)

„Möchten Sie gleich weiter verbunden werden oder soll ich Ihnen die Nummer ansagen?“

Ich fühlte mich wie in einem Déjà-vu-Erlebnis. Nach meiner Bettmeditation hatte ich den Entschluss gefasst, meinen Chef Dr. Müller in der Schule anzurufen, um einen Deal auszuhandeln. Ich wusste, meine Position war mehr als schwach, denn ich war einfach so ‚mir nichts dir nichts‘ nicht zur Arbeit erschienen. Aber meine Oma sagte immer: „Versuch macht klug!“ Somit sagte ich:

„Verbinden Sie mich bitte direkt.“

„Sehr gerne. Einen schönen Tag und auf Wiederhören.“

Die Dame bei der Ansage klang zwar wie ein Computer, aber immerhin war sie ein höflicher. Was sagte Professor Alfred? Hauptsache man hatte einen Job in seinem Leben.

Mir war klar, dass nicht jeder Mensch seiner Berufung folgen konnte, sondern auch manchmal das nehmen musste, was erreichbar war. Immerhin hatte die Auskunftslady mir heute einen guten Dienst erwiesen.

„Schulsekretariat Sommer am Apparat. Wie kann ich helfen?“

Frau Sommer war die rechte Hand vom Schuldirektor und sie war sehr stolz darauf, welchen Einfluss sie auf das Geschehen in der Schule hatte. Man musste erst einmal an ihr vorbei, wenn man zum Big Boss wollte. Ähnlich wie die Türsteher auf der Reeperbahn, dachte ich belustigt.

„Frau Sommer, hier ist Ane Winter. Wie geht es Ihnen?"

„Frau Winter, hier ist der Sommer", kicherte sie.

Sie konnte einfach nicht widerstehen, jedes Mal musste sie diesen Spruch bringen.

Ich lachte höflich.

Schließlich war es besser, Frau Sommer auf meiner Seite zu haben.

„Wie geht es dem Rheumatismus?", erkundigte ich mich.

„Arthrose, liebe Frau Winter. Der geht es blendend. Ich habe etwas Neues entdeckt, ein Hausmittel. Sie werden es nicht glauben, aber ich bin ein komplett neuer Mensch. Was für ein Glück, oder? Jetzt kann ich meine Arbeit ohne Probleme bis zur Rente weiter machen. Es hätte mir auch das Herz gebrochen, Dr. Müller hier alleine zu lassen."

„Das ist wirklich ein großes Glück", murmelte ich.

„Weshalb ich anrufe, könnten Sie mich bitte durchstellen? Ich müsste wirklich kurz mit Dr. Müller sprechen."

„Aber natürlich, Frau Winter. Da rede ich die ganze Zeit nur von mir, dabei sind Sie doch selber so krank."

„Ach ja?", rutschte es mir heraus.

„Frau Hölderlin hat doch erzählt, dass Sie sich einen grippalen Infekt eingefangen hätten. Sie könnten weder telefonieren noch sonst irgendetwas machen. Es tat mir ja so leid für Sie. Wie geht es Ihnen denn? Sie hören sich ja schon wieder ganz gut an."

Gute alte Clarisse. Sie war zwar immer sehr streng mit sich und Ihrer Umwelt, aber wenn es hart auf hart kam, siegte ihr Freundschaftsgefühl und nicht ihr Kontrollzwang.

„Mir geht es einigermaßen, danke der Nachfrage, Frau Sommer. Ich muss wirklich mit dem Boss sprechen. Könnten Sie...?“

„Aber natürlich. Einen Moment, bitte. Falls wir uns nicht mehr sprechen, wünsche ich noch weiterhin gute Besserung.“

„Danke, Frau Sommer.“

Es klickte in der Leitung.

Sesam, öffne dich.

Mein Puls raste.

„Hallo Frau Winter. Wie geht es Ihnen?“

Man musste kein Genie sein, um den leicht sarkastischen Unterton herauszuhören.

„Mir geht es gut. Wie Sie sich denken können, muss ich etwas mit Ihnen besprechen. Haben Sie einen Moment für mich?“

„Besser spät als nie.“

„Ich verstehe, dass Sie sauer sind...“

„Ach wirklich, das ist nett von Ihnen.“, erwiderte Dr. Müller und ich konnte hören, wie er schnaubte.

Ich musste anscheinend sehr vorsichtig mit meinen Worten sein, wenn ich am Ende des Telefonats noch einen Job haben wollte.

„Bitte entschuldigen Sie mein Verhalten von dieser Woche. Ich war einfach nicht ich selbst. Mir hat diese Situation schlichtweg den Boden unter den Füßen weggezogen. Ich konnte nicht mehr klar denken.“

Wenn ich mich noch kleiner machen sollte, passte ich unter der Tür durch, dachte ich bitter.

Auf der anderen Seite war es bestimmt gerecht, dass ich diese Kröte schlucken musste.
Er wusste bestimmt von Clarisse, dass ich nicht mit einer Grippe zuhause im Bett lag, sondern die Biege gemacht hatte. Clarisses Verständnis mir gegenüber hatte sie die Sekretärin anlügen lassen, aber den Big Boss anschwindeln?
Das war für sie ein Ding der Unmöglichkeit. Das war für sie, als würde sie ihrem Priester bei der Beichte nicht die Wahrheit erzählen.
„Das habe ich gemerkt. Ehrlich, Frau Winter, was haben Sie sich nur dabei gedacht? Einfach wegzubleiben, ohne Bescheid zu sagen. Und dann schicken Sie noch Ihre Kollegin zu mir, um Ihre Schlachten zu schlagen. Ich hätte Ihnen ein reiferes Verhalten zugetraut. Sie als Beamtin mit einer Vorbildfunktion."
Ich rollte mit den Augen, aber auch nur, weil er mich nicht sehen konnte.
Er hatte recht und das Allerschlimmste war, ich wusste es.
Das war doppelt schmerzhaft.
„Es tut mir wirklich leid", kroch ich weiter und merkte, wie sich langsam meine Reue in Trotz umwandelte. Was wollte er denn noch?
Ich hatte mir schließlich nur ein paar Tage freigenommen. Ich hatte alle Arbeiten in der Klasse geschrieben und es war eine Woche vor den Märzferien.
Herrschaftszeiten, es gab Kollegen, die waren ständig krank und ließen sich bei jeder Kleinigkeit vertreten. Ich war normalerweise immer zuverlässig und pflichtbewusst.
Das musste mir doch mildernde Umstände bringen.
„Frau Winter, ich kenne Sie mittlerweile ganz gut und

weiß, dass Sie normalerweise nicht so sprunghaft sind."
Wenn der wüsste, dachte ich.
„Aus diesem Grund habe ich bereits zu Ihrer Kollegin Frau Hölderlin gesagt, wenn Sie am Montag hier pünktlich Ihren Unterricht machen, vergessen wir die Angelegenheit."
„Wäre es sehr dreist von mir, zu fragen, ob Sie mich bis zu den Ferien frei stellen könnten? Es sind doch nur noch drei Tage und ich könnte die noch gut gebrauchen. Ich bitte Sie, Dr. Müller."
„Bei allem Verständnis für Sie und Ihre Situation, Frau Winter", seine Stimme wurde etwas schärfer, „wenn Sie am Montag hier nicht Ihre Arbeit machen, nur weil Ihr Freund Sie verlassen hat, werde ich Maßnahmen ergreifen, die Ihnen nicht gefallen werden. Ich erwarte Sie am Montag pünktlich um 7.30 Uhr im Lehrerzimmer, verstanden?"
„Verstanden ", erwiderte ich kleinlaut.
Er hängte auf, ohne sich zu verabschieden.
Ich legte den Telefonhörer auf die Gabel und gab einen Wutschrei von mir.
„Dieser Arsch. Wie kann er mich nur so behandeln? Ich bin doch nicht einer seiner Schüler."
Ich rannte hin und her und schimpfte.
Bernhard kam in das Wohnzimmer, wo ich telefoniert hatte, und schaute mir leicht belustigt zu, wie ich mir die Haare raufte und dabei meckerte wie eine Bergziege.
„Wie wäre es mit einem Schnaps vor dem Abendessen? Du siehst aus, als könntest du einen gebrauchen."
Überrascht drehte ich mich um und wurde rot.
Hier war ich, schimpfte und meckerte wegen eines Problems, das ich mir selber eingebrockt hatte.
Dr. Müller hatte recht, ich benahm mich nicht wie ein

Vorbild, sondern eher wie eine meiner Schülerinnen aus der Achten.

Ich ließ mich wieder auf das Sofa fallen und legte die Hände auf mein Gesicht.

„Schnaps ist eine gute Idee. Am besten so viel, dass ich alles vergesse“, grummelte ich.

„Warum machst du es dir nur so schwer, Ane?“

Hatte Bernhard etwa mit Professor Alfred gesprochen? Diese Frage höre ich momentan häufiger.

„Ich bin mir sicher, du findest eine Lösung. Du bist ein schlaues Mädchen.“

Wenigstens einer, der von mir überzeugt war.

Take me to the Beach...

(All Saints)

„Salud!“, prostete mir Bernhard zu.

„Down the hatch!“, sagte ich, hob mein Schnapsglas und exte den Inhalt. Wenn das hier auf La Gomera so weiterginge, hatte ich bei meiner Heimkehr noch ein leichtes Suchtproblem zusätzlich zu meinen anderen Baustellen, dachte ich leicht belustigt.

„Wie bitte?“, fragte Isabella.

Wir standen in der Küche und es roch nach spanischem Essen. Bernhard hatte aus einer verborgenen Ecke eine Flasche hervorgezaubert und uns allen einen eingeschenkt.

„‚Down the hatch' heißt sowas wie ‚runter mit dem Zeug', frei übersetzt natürlich“, erklärte ich meinen Trinkspruch.

„Ich hatte während meines Studiums ein Auslandssemester in England und ich habe viel Zeit in Pubs verbracht.“

„Verstehe“, sagte Isabella. „Hier in Spanien trinken wir auf die Gesundheit, schließlich ist das hier Medizin“, zwinkerte sie mir zu und verstaute die Flasche wieder sorgfältig.

Das hieß anscheinend, dass es bei dem einem Gläschen blieb, dachte ich etwas enttäuscht.

Ich musste wahrscheinlich hier im Ort nach der nächstbesten Bodega suchen, um ein bisschen mehr in die Vergesslichkeit zu geraten.

„Du große Güte, ich habe Kiki vergessen!"

Ich sprang auf.

Die Vergesslichkeit brauchte ich also nicht mehr zu unterstützen. Ich hatte mich den ganzen Tag nur mit mir selbst beschäftigt und nicht mehr an meine Verabredung mit Kiki gedacht.

„Beruhige dich, Ane. Kiki weiß doch, wo du bist. Sie wird herkommen und dich abholen. Außerdem ist sie nicht so empfindlich."

Bernhard saß wieder auf seinem Stuhl und zupfte gedankenverloren auf seiner Gitarre.

Er hatte bestimmt recht.

Ich war hier in Spanien und hier war es keine Todsünde, zu einer Verabredung zu spät zu kommen.

Noch eine Sache, die ich an Hamburg nicht vermisste.

„Wenn sie kommt, lenke ich sie hier in der Küche ab. Du wirst schon sehen, du kannst dich in Ruhe fertig machen."

„Bernhard, du bist ein Schatz."

Ich war erleichtert.

Ich hatte für einen Moment gedacht, ich müsste mit Shorts, die aussahen, als gehörten sie zu einem Schlafanzugensemble, vor die Tür in die große weite Welt gehen.

Ich rannte so schnell mich meine Flip-Flops trugen in mein kleines Zuhause und hechtete unter die Dusche.

Ein richtiger Freitagabend, dachte ich aufgeregt, mit schick machen und ausgehen.

„Siehst du, man muss sich gar nicht betrinken, um auf andere Gedanken zu kommen", sagte ich laut beim Abtrocknen zu meinem Spiegelbild.

„Und wenn ich hier weiterhin laut mit mir selber quatsche, sollte ich mir langsam Sorgen machen", fügte ich hinzu.

Als ich ein paar Minuten später vor meinem Schrankinhalt stand, bekam meine Laune jedoch einen kleinen Dämpfer. Es reiste sich zwar besser mit leichtem Gepäck, aber es erschwerte definitiv das Party machen. Ich griff zu dem einzigen Kleid, das ich mitgebracht hatte, und zog es an. Als ich vor dem Spiegel stand, kam mir plötzlich der Abend in den Sinn, als ich das Kleid zum letzten Mal trug. Tom und ich waren bei Freunden zum Abendessen eingeladen und ich hatte mir das Kleid extra vorher gekauft. Ich erinnerte mich daran, dass ich enttäuscht darüber war, weil er mir kein Kompliment gemacht hatte. Meine Laune war den ganzen Abend leicht unterkühlt und auch auf seine Fragen hin, ob alles in Ordnung sei, bekam er von mir nur einsilbige Antworten.

Ich stand vor dem Spiegel und sah mich an.

Ich war 35 Jahre alt, war am Ende einer weiteren Beziehung, war einfach von meinem Zuhause und meinen Pflichten abgehauen und hatte nur verbrannte Erde zurückgelassen.

Mir kam Professor Alfred in den Sinn.

Wenn ich ein Resümee über meine Lebensbereiche ziehen sollte, machte ich wohl gerade keine gute Figur.

Der Job ist am Wanken, mein Chef ist mehr als sauer.

Meine Beziehung ist zerbrochen, weil er eine andere Frau vorgezogen hatte.

Und an die Weltgemeinschaft verschwendete ich keinen Gedanken.

Ich musste mein Leben wieder auf Spur bringen, dachte ich bei mir. Am besten, ich fange in dem Bereich an,

der mir bisher immer am wenigsten Schwierigkeiten bereitet hatte: meine Arbeit.
Auf meine beruflichen Fähigkeiten konnte ich mich verlassen und wenn ich brav am Montag in der Schule auftauchte, hatte ich zumindest etwas Stabilität in meinem Leben.
Etwas, was ich gerade unbedingt brauchte.
Da war sie, die Entscheidung. Ich musste am Sonntag zurück und meine Basis retten.
Ich setzte mich und fühlte in mich hinein. War ich jetzt glücklich oder wenigstens erleichtert, fragte ich mich. Mein Bauch sagte nichts, totale Funkstille.
Auf den war auch kein Verlass mehr.
Es wurde Zeit, wieder an das Vergnügen zu denken, unterbrach ich meinen eigenen deprimierenden Gedankengang. Wenn ich nur noch ein paar Stunden hier auf La Gomera hatte, dann würde ich sie wenigstens so ausnutzen, dass mir diese Zeit immer in Erinnerung bleiben würde.
Ich gab mir einen Ruck und ging zum Haupthaus, wo hoffentlich Kiki auf mich wartete, um mir ihre Welt zu zeigen.

„Wie schön du aussiehst. Ich hoffe, du hast dich für mich so angerüscht", witzelte Kiki, die mit Bernhard und Isabella auf der Terrasse bei einem Glas Wein saß. Ich blieb stehen und ließ diese Szene auf mich wirken. Alle drei hatten es sich auf den alten Stühlen mit Kissen und Decken gemütlich gemacht, in der Ecke stand ein Feuerkorb und es hingen bunte Lampions in den Palmen. Einige andere Gäste saßen auf Decken auf dem großen Rasen und waren in Gespräche vertieft. Das ganze Bild war so idyllisch, das es schon ein wenig kitschig war. Für mich persönlich fühlte es sich an wie das pure Glück.

„Das ist so wunderschön hier und so friedlich. Kiki, wollen wir nicht lieber hierbleiben?“

„Nichts da, Ane. Du hast gesagt, ich darf aussuchen, wohin es geht. Außerdem habe ich Hunger. Es wird Zeit, dass du vor die Tür gehst und siehst, was die Welt dir anbietet.“ Sie war voller Tatendrang.

„Na dann los. Du entscheidest und ich folge. Abgemacht ist abgemacht.“

Kiki sprang auf, verabschiedete sich und nahm mich an die Hand.

„Komm, ich zeige dir den besten Teil von La Gomera und ich schwöre dir, danach willst du nie wieder gehen.“

Wetten doch?

Wir gingen durch das große Tor, das mich in den letzten zwei Tagen vor der Außenwelt abgeschirmt hatte, und kamen auf die belebte Straße. Kiki zog mich zu ihrem Auto und schloss die Tür auf.

„Wohin fahren wir? Ich dachte, wir bleiben im Ort?“

Bei dem Gedanken, mit diesem Schuhkarton über die dämmerigen Bergkämme zu rasen, wurde mir etwas unwohl.

„Ganz ruhig, Ane“, tätschelte Kiki etwas belustigt meine Hand, „wir bleiben in Valle. Ich hole nur etwas aus dem Auto und glaube mir, dafür wirst du mich lieben.“

Dann hätte ich gleich meinen zweiten Lebensbereich abgedeckt, dachte ich bei mir.

Kiki holte einen großen Bastkorb aus dem Auto und eine gestreifte Decke, die eher etwas von einem Teppich hatte.

„Ich nehme dich mit zum Strand und dort werde ich dich mit den Leckereien meiner Mamita füttern, bis du nicht mehr kannst."
Kiki lupfte ein wenig das Deckchen ihres Picknickkorbes und ich konnte viele kleine Schälchen mit spanischen Tapas erkennen.
„Liebe Kiki, du hast mich voll in deiner Hand. Du kannst mit mir machen, was du willst."
„Du wirst es nicht bereuen", versprach sie mir.

See no leaders,
need more teachers...

(Khalid)

Ich grub meine Füße in den groben Sand und fühlte die Kühle. Kiki hatte mich an den Hotspot von Valle Gran Rey geschleppt und so saßen wir auf unserem fliegenden Teppich mit einem Picknickkorb inmitten aller anderen Freigeister.

„Schön ist es hier", sagte ich zu ihr.

„Warte ab, wir haben bald den Höhepunkt der Show."

„Welche Show?", fragte ich leicht verwirrt.

Meinte sie die Hobbyjongleure, die am Wasser ihre neuesten Tricks zum Besten gaben, oder die Feuerschlucker, die versuchten, Eindruck zu schinden? Ich fand dieses kreative Treiben mehr als angenehm, es verlieh der Atmosphäre hier am Strand etwas Losgelöstes und Freies.

Kiki sah, wie ich versunken in meinen Gedanken vor mich hin sinnierte.

„Alles in Ordnung, Ane? Du bist reichlich still heute. Ich meine, ich weiß, dass ich die Plaudertasche von uns beiden bin, aber seitdem wir hier am Strand sitzen, hast du nur ein paar Wörter gesagt. Denkst du an deinen Liebsten, der dich sitzen gelassen hat?"

„Danke für den Flashback, den ich soeben erlitten habe. Ehrlich, Kiki."

„Du siehst so aus, als hättest du gerade eine riesige Last zu tragen. Gib mir etwas ab, erzähle, was los ist." Kiki knuffte mir zur Aufforderung in die Seite. Das schien eine Angewohnheit von ihr zu sein.

„Ich muss Sonntag zurück nach Hamburg und das macht mich traurig."

„Dann bleib."

„Wenn ich bleibe, bekomme ich Ärger auf der Arbeit und verliere höchstwahrscheinlich meine Stelle."

„Dann fahr."

„Du bist ja wirklich eine große Hilfe. Ehrlich, Kiki", wiederholte ich mich.

Sie zuckte die Schultern.

„Für mich gab es noch nie eine Frage von entweder oder. Ich stehe auf Mischformen", fügte sie hinzu.

„Mischformen? Was genau ist das denn?"

„Ich mische meine Entscheidungen. Ein Beispiel: ich bin auf der Insel aufgewachsen, meine Eltern haben ihr eigenes Business und La Gomera ist meine Heimat, aber arbeiten konnte ich hier nicht. In das Hotelgewerbe meiner Eltern mit einzusteigen, kam nicht in Frage und ein Studium ist auf der Insel nicht möglich."

„Was machst du überhaupt? Wir sprechen die ganze Zeit nur über mich, ich weiß gar nicht, womit du dein Geld verdienst. Hast du nicht mal etwas über dein Büro erzählt? Über deinen Chef?"

Ich erinnerte mich dunkel an unsere erste Begegnung an der Bushaltestelle; es schien vor langer Zeit gewesen zu sein.

„Genau, ich arbeite in Hamburg für einen Verlag, der ziemlich bekannt ist."

„Bist du so etwas wie eine Lektorin, die Bücher korrigiert?"

„Manuskripte. Nein, ich arbeite für jemanden, der so etwas macht."
„Okay, das klingt doch nach einem guten Job, oder?"
„Ich habe mich auch noch nie beschwert. Ich habe alles, was ich will. Ich arbeite in Hamburg und in meinen Ferien bin ich hier. Das Beste aus beiden Welten, jedenfalls für mich."
„Wie oft kannst du hierherkommen?"
„So etwa alle zwei Monate. Ich bummele Überstunden ab und habe einen sehr verständnisvollen Chef."
„Du Glückspilz."
„Das stimmt zwar, aber das heißt nicht, dass du nicht ebenfalls einer sein kannst."
„Du bist lieb, aber ist es nicht etwas naiv zu denken, dass man alles haben kann?"
Ich überlegte. War es möglich?
„Vielleicht nicht gleich alles, Ane, aber ein bisschen von allem."
Langsam verstand ich kein Wort mehr. Ich war hier scheinbar von vielen weisen Menschen umringt, die ihre eigenen Vorstellungen über das Leben hatten, aber ich spürte auch weiterhin nur meine Hilflosigkeit.
„Weißt du Kiki, ich habe mit vielen Menschen über meine Fragen und Probleme gesprochen, aber ich kann nicht sagen, dass ich jetzt Klarheit habe."
„Das ist doch logisch", meinte Kiki.
„Ach so, ist es das? Für alle anderen ist immer alles logisch...", entgegnete ich frustriert.
„Hör zu, Ane. Jeder hat seine eigene Anschauung auf die Welt und du musst deine finden. Deine Wertvorstellungen, deinen Glauben, deine Gesetze, dein Leben. Natürlich kannst du mein System nicht übernehmen, du musst schon dein eigenes finden."

„Schwierig.“

„Keiner hat gesagt, dass es einfach ist“, sagte sie lachend.

„Ich mache dir einen Vorschlag“, fuhr sie fort. „Wir genießen einfach den heutigen Abend und morgen reden wir weiter, wenn du möchtest.“

Sie hatte es sich bequem gemacht, nachdem sie alles Erdenkliche aus dem Korb gezaubert hatte. Oliven, Brot, Hähnchen in Knoblauch, kanarische Kartoffeln mit Mojo, gebratenen Tunfisch und den besten spanischen Vino, den ich jemals getrunken hatte. Kiki hatte recht, wir sollten den heutigen Abend genießen und nicht immer nur über meine Abgründe philosophieren. Es wurde Zeit für ein bisschen Spaß.

Somit saßen wir am Strand und sahen dem unglaublichsten Sonnenuntergang zu. Man konnte sehen wie sich die orangefarbene Sonne auf die Linie des Horizontes zubewegte.

„Mein Vater hat immer gesagt, dass man in diesem Moment ganz leise sein müsste, damit man es zischen hört, wenn die Sonne das Wasser berührte“, flüsterte mir Kiki zu.

Ich lächelte bei dem Gedanken, sie mir als kleines Mädchen vorzustellen, das auf dem Schoß ihres Hippie-Papas saß, während sie zuschauten, wie die Sonne unterging.

Ich merkte, wie mich vor Neid ein kleiner Stich durchfuhr. Kiki wusste, wohin sie gehörte und wer sie war. Bei unserer ersten Begegnung hielt ich sie für ein freundliches Dummerchen, aber sie war so viel mehr.

Es hätte ewig so weitergehen können.
Wir am Strand mit einem Picknick und einem guten Tropfen. Menschen um uns herum, die die gleichen Dinge zu schätzen schienen, und dieses fantastische Naturschauspiel, das sich uns gerade bot.
Kiki und ich sahen stumm dem Sonnenuntergang zu, jede in ihrer eigenen Gedankenwelt. Sie griff meine Hand und drückte sie leicht. Ich lächelte vor mich hin und drückte zurück.
Vor ein paar Tagen hatte ich noch das Gefühl, ich könnte nie wieder in meinem Leben glücklich werden.
Der Mensch, den ich liebte, liebte mich nicht. Das war eine bittere Erkenntnis gewesen. Ich hatte ein Jahr lang in einer Welt gelebt, die ich mir selber hingebogen hatte, und dabei alles andere außer Acht gelassen. Ich hatte es, wie schon so oft, mir passend gemacht und mich dabei verbogen.
Ich fragte mich, warum. Fand ich mich selber nicht liebenswert genug, dass ich einfach ich sein konnte? Warum passierte es mir, dass ich mich dabei erwischte, meinen Partner durch und durch zu analysieren und ihm dann genau die Ane zu geben, die er brauchte?
Ich dachte an Professor Alfred und seine Worte, dass wir Menschen alles tun, um Liebe und Anerkennung zu bekommen. Jeder Grund unseres Strebens hat genau diesen Antriebsmotor.

Applaus setzte ein, als die Sonne am Horizont verschwand.
Die Menschen hier am Strand applaudierten tatsächlich der Sonne, die es vollbracht hatte, unterzugehen.
Ein paar Meter weiter, fing jemand an, ein spanisches Lied zu singen.

„Das ist so kitschig, dass es schon wieder schön ist“, sagte ich zu Kiki.

„Sei nicht so zynisch, Ane. Du bist hier in Spanien und nicht in Hamburg. Das ist pure Lebensfreudc, also saug sie ein und halt die Klappe.“

Klare Worte.

„Okay“, sagte ich, legte mich auf den Rücken, schaute mir die Sterne an und atmete.

Ein Moment des Glücks.

Bare necesseties...

(Balou)

„Komm, Ane. Ich stelle dir ein paar Leute vor. Na los, raff dich auf.“

„Etwa männliche Leute, Kiki? Ich weiß nicht, ob mir da im Moment der Sinn nach steht.“

„Es ist nicht so, wie du denkst. Ich will dich nicht verkuppeln. Keine Sorge. Die beiden sind interessant und haben einiges hinter sich. Also, sei kein Partypooper und komm.“

„Na gut, wenn ich dir damit eine Freude mache“, grummelte ich.

„Vielleicht machst du dir damit selber eine Freude“, zwinkerte sie mir zu.

Wir gingen ein paar Meter am Wasser entlang und kamen zu einem kleinen Strandabschnitt, wo ein großes Lagerfeuer brannte und eine dieser typischen Chiringuito Strandbars stand. Laute Musik tönte aus Lautsprechern und die meisten der Gäste waren schon etwas angeschickert.

Kiki führte mich schnurstracks zu zwei Männern, die gerade krampfhaft versuchten, zwei blonde Touristinnen für sich zu gewinnen.

Ich bringe Kiki um, dachte ich und sagte:

„Hola, qué tal?“ Brav streckte ich die Hand aus.

Der eine Typ drehte sich zu mir um, ignorierte komplett mein angebotenes Pfötchen und schloss mich wie eine alte Freundin in beide Arme und küsste mich. Er strahlte mich an und sagte im feinsten Deutsch: „Hallo Ane. Ich bin Eugen, freut mich, dich kennenzulernen. Kiki hat mir schon so viel von dir erzählt."

Ich wusste, das war eine Falle.

Ich warf Kiki einen scharfen Blick zu.

Die aber hing in den Armen des anderen Mannes und mich überkam das Gefühl, dass die beiden sich mehr als flüchtig kannten.

„Das ist Alex ", stellte sie ihn mir vor.

„Er ist mein Beau", flüsterte sie mir zu.

„Spricht er kein Deutsch?", fragte ich zurück, ebenfalls flüsternd. Warum, war mir allerdings ein Rätsel.

„Doch", antwortete Alex zurück, „er spricht deutsch und kann auch gut hören."

Na danke, Kiki.

„Ist er nicht toll?", flüsterte sie wieder.

Ist sie jetzt komplett verrückt geworden?

„Sprich normal, Kiki", sagte ich streng.

Sie kicherte.

Ich konnte sehen, dass sie bis über beide Ohren in diesen gutaussehenden Spanier verliebt war, der toll deutsch sprach und auch noch gut hören konnte.

Da ich die beiden Lovebirdies nicht weiter stören wollte und Frischverliebte grundsätzlich schwer zu ertragen waren, ging ich zu Eugen, der mittlerweile mit einem Bier in der Hand am Feuer saß.

„Hi, darf ich mich zu dir setzen?", fragte ich höflich.

Er nickte.

Hoffentlich dachte er nicht, ich wäre auf einen Flirt aus.

„Wunderschöne Nacht. In Hamburg sieht man fast keine Sterne, vor allen nicht um diese Jahreszeit.

Wir haben oft einen bewölkten Himmel und dann kommt auch noch die Lichtverschmutzung dazu."
Ich sollte aufhören zu reden.
Immer wenn ich nervös werde, fing ich an zu plappern und schämte mich nachher dafür.
Ich sollte einfach schweigen.
„Ich habe auch mal in Hamburg gelebt", sagte Eugen, „war nicht meine Stadt."
„Was hast du in Hamburg gemacht? Ich dachte, du kommst aus La Gomera oder zumindest aus Spanien."
„Ich bin zwar Spanier, aber zum Studium bin ich nach Hamburg gegangen, genau wie Kiki. Wir sind gute Freunde."
„Okay. Wohnst du hier jetzt permanent?"
„Ich wohne mit Alex in San Sebastián. Wir haben dort eine kleine Sprachschule in der Stadt."
„Jetzt bin ich beeindruckt", sagte ich bewundernd. Für mich klang das so, als hätte sich da jemand seinen Traum erfüllt.
„Kommen denn viele Sprachschüler nach La Gomera?", fragte ich weiter.
Ich entwickelte mich anscheinend zu einer zweiten Kiki, bemerkte ich etwas besorgt.
Auf der anderen Seite war es einfacher, selber Fragen zu stellen, dann brauchte man keine zu beantworten.
„Ja, einige. Es kommen viele aus Deutschland und aus England, meistens, um das Angenehme mit dem Nützlichen zu verbinden. La Gomera ist eine ruhige Insel mit viel Natur, das zieht die Schüler an, die tatsächlich Spanisch lernen wollen und nicht nur an Party denken."
„Ich würde das auch so machen", sagte ich nachdenklich. „Ich habe diese Insel wirklich liebgewonnen und ich bin erst seit ein paar Tagen hier. Wenn ich an meine

Rückkehr nach Hause denke, fange ich an zu frieren.“
„Wann fährst du?“, fragte Eugen.
„Übermorgen.“
„Du bist erst seit ein paar Tagen hier und fährst schon wieder ab? Darf ich fragen, warum?“
Mist, jetzt hatten wir wohl unsere Frage-Antwort-Rollen vertauscht. Ich hatte kurz nicht aufgepasst.
„Ich hatte einen längeren Aufenthalt geplant, aber jetzt muss ich am Montag zurück zur Arbeit.“
Fast nichts preisgegeben und noch nicht einmal gelogen, dachte ich befriedigt.
„Man hat dir deinen Urlaub gestrichen?“, langsam wurde Eugen neugierig.
„Oder hast du so eine wichtige Position, dass du unentbehrlich bist?“
„So etwas ähnliches“, murmelte ich.
Er schaute mich kritisch an und ich wich seinem Blick aus und schaute konzentriert in das Lagerfeuer.
„Bullshit“, sagte er.
„Wie bitte?“ Jetzt war ich ein wenig entrüstet.
„Kiki hat mir alles erzählt, du kannst deine Maskerade beenden“, lachte Eugen.
Ich bringe sie um, diese alte Plapperliese.
„Nein, schon gut, Ane. Sei nicht sauer. Sie hat nur erzählt, dass du Lehrerin bist und nach Hause musst, weil dein Chef dir die Hölle heiß gemacht hat. Und dass dein Typ...“
„Reicht schon. Ich kenne meine Geschichte, vielen Dank“, unterbrach ich ihn.
Und um meine Verlegenheit zu überspielen sagte ich etwas zickig:
„Wenn du schon so viel über mich weißt und trotzdem noch die Frechheit hast, mich hier auflaufen zu lassen,

kannst du ja jetzt aus deinem Nähkästchen plaudern."
„Nähkästchen?" Er sah mich fragend an.
„Das sagt man so. Sorry, ich habe kurz vergessen, dass Deutsch nicht deine Muttersprache ist. Deine Aussprache ist aber nahezu perfekt. Woher kommt das?"
„Ich bin bei Kikis Eltern aufgewachsen. Ich bin in diese Familie gekommen, als ich zwölf war."
„Daher kennt ihr euch so gut."
„Meine Eltern hatten einen Unfall hier in den Bergen und damit ich meine Heimat nicht verlassen musste, haben mich die Franks aufgenommen. Seitdem bin ich bei ihnen."
„Das mit deinen Eltern tut mir sehr leid. Das muss schrecklich gewesen sein", sagte ich leise.
„Ja, sicher. Es war nicht leicht für mich, aber ich hatte Glück. Kiki und ihre Eltern sind meine Engel."
Eugen lächelte mich an.
Er hatte im Gegensatz zu mir keine Probleme damit, sein Innerstes nach außen zu kehren.
„Meine Eltern haben sich scheiden lassen, als ich zwölf war. Für mich ist damals eine Welt zusammengebrochen, aber wenn ich mir deine Geschichte anhöre, dann muss ich fast schon wieder dankbar sein, dass ich überhaupt noch Eltern habe."
„Du hast sicherlich auch unter der Trennung gelitten. Du kannst doch nicht einen Unfall mit einer Scheidung vergleichen."
Eugen stand auf und wandte sich zum Gehen.
„Ich gehe uns noch ein Bier holen und dann erzählst du mir von deiner Arbeit. Claro?"
Eugen ging in Richtung Bar.
Ich überlegte kurz, ob ich diesen Moment ausnutzen sollte, um zu entschwinden.

Eugen war zwar ein netter Mensch und dazu noch sehr attraktiv mit seinen großen braunen Augen und seinen schönen schwarzen Haaren, aber ich hatte in den vergangenen drei Tagen so oft geredet und auch zugehört, dass ich mich nach Ruhe sehnte.
Somit stand ich auf und ging Richtung Wasser. Wenn ich mich nicht täuschte, musste ich einfach nur ein paar Minuten an der Wasserkante entlanggehen, dann über den Strand und über die Straße und schon war ich in meinem Shangri-La.
Als ich wenige Zeit später vor dem großen Eingangstor stand, war ich erleichtert. Ich freute mich auf mein Bett und darauf, mich ausruhen zu können. Ich ging über den Innenhof, der mit kleinen Lampen in den Büschen und Sträuchern ausgeleuchtet war, und dann über den Rasen.
Plötzlich hörte ich ein Rascheln hinter mir.
Ich stutzte.
„Wer ist da?“, rief ich.
Dort, wo mein Häuschen stand, war finstere Nacht. In meiner Handtasche war eine kleine Taschenlampe, die Kiki mir für den Strand gegeben hatte. Ich leuchtete hinter mich, keiner da.
Als der Lichtschein die Büsche erreichte, leuchtete ich direkt in zwei große Augen, die wie große glühende Bälle aussahen.
Ich schrie laut auf und mein Schrei hallte an den nahen Felsen wider, die neben meinem Haus emporragten.
„Pappi, du verrückter Hund, du hast mich fast zu Tode erschreckt“, pflaumte ich den Streuner an.
„Warum folgst du mir mitten in der Nacht? Willst du mich umbringen?“

Pappi jaulte, als hätte er sehr wohl gemerkt, dass er etwas falsch gemacht hatte.
Ich hatte den Hund bisher nur im Haupthaus herumlungern gesehen. Bernhard nannte ihn sein Maskottchen. Er hatte ihn vor einigen Jahren halbverhungert auf der Straße gefunden und mit nach Hause genommen.
„Man muss sich doch um Gottes Kreaturen kümmern", sagte er immer.
Pappi schaute mich mit großen Hundeaugen an.
„Ja, das habt ihr alle gut drauf. Mit diesem Blick kann euch kein Mensch böse sein und das wisst ihr nur zu genau. Na komm, ich muss jetzt schlafen gehen, und wenn du dich benimmst, kannst du mit."
Ich machte eine einladende Handbewegung und Pappi wedelte erfreut mit dem Schwanz.
Ein paar Minuten später lagen wir beide ausgestreckt auf unseren Schlafstätten. Ich in meinem Prinzessinennbett und Pappi auf dem Bettvorleger zu meinen Füßen.
Es war ein wunderbares Gefühl, einen Beschützer zu haben, dachte ich wohlig.
Hoffentlich hatte Pappi keine Flöhe.

Back to reality...

(Soul II Soul)

Am nächsten Morgen schlug ich die Augen auf und lauschte.
Es rauschte leicht und durch meine geöffnete Terrassentür kam die duftende Luft aus den Bergen.
Das werde ich vermissen, dachte ich mit Wehmut.
In Hamburg stand ich auf und musste erst einmal die Schlafzimmerfenster schließen, um den Verkehrslärm auszusperren.
Ich lag in meinem Bett und überlegte. Ich musste in das hiesige Reisebüro und mir ein Ticket für meinen Rückflug besorgen.
Ich fand den Gedanken schrecklich. Es fühlte sich falsch an und trotzdem musste ich genau das tun.
Ich rappelte mich hoch und schaute mich verschlafen um. Pappi war schon weg. Er hatte sich wahrscheinlich über die Terrasse davongemacht, um sich sein Frühstück bei Bernhard abzuholen.
Nach dem üppigen Abendessen gestern, war mir eigentlich nicht nach Frühstück. Ich schaute auf die Uhr und erschrak, es war kurz vor zehn. Das Buffet im Haupthaus wurde gerade abgebaut, somit hatte ich mir die Entscheidung, ob ich mich schnell fertig machte, um mir wenigstens einen Kaffee zu sichern, abgenommen.
Es klopfte an der Tür.

„Herein“, rief ich und hoffte, dass es kein Fremder war.
„Bueno“, sagte Bernhard, als er die Tür öffnete.
Auf seiner Hand balancierte er künstlerisch ein Tablett, auf dem ein Becher Kaffee und ein Croissant mit Marmelade standen.
„Ich dachte, ich schaue mal, wie es dir geht. Hoffentlich störe ich nicht“, sagte er und stellte das Tablett auf einen kleinen Tisch.
„Überhaupt nicht. Vielen Dank. Kannst du Gedanken lesen?“
„Ehrlich gesagt, hat Isabella mich geschickt. Sie hat heute Morgen bemerkt, dass du nicht zum Frühstück gekommen bist, und hat sich Sorgen gemacht.“
„Sie hat sich Sorgen gemacht?“, fragte ich verwundert.
„Ja, hast du heute Nacht diesen Schrei gehört? Es klang, als wäre jemand ermordet worden.“
Bernhard legte seine Stirn in Falten.
„Ich bin sofort von Isabella aus dem Bett gejagt worden, um nach dem Rechten zu sehen, aber ich habe nichts gefunden. Bestimmt irgend so ein verrückter Tourist.“
„Ja, stimmt. Das war leider ich. Es tut mir wirklich leid, euch in Aufregung versetzt zu haben. Pappi ist mir gefolgt und als ich mit der Taschenlampe geleuchtet habe, sahen seine Augen so aus wie aus einem Stephen King Film. Ich habe mich furchtbar erschrocken.“
Bernhard sah mich an und lachte auf einmal laut los.
„Na, ich bin ja froh, dass du noch lebst “, sagte er.
Ich glaubte, ein bisschen Spott in seiner Stimme gehört zu haben.
„Was hast du heute vor, Ane? Wir haben um elf unsere Yoga Morgenrunde. Möchtest du dazukommen?“, wechselte er das Thema.

„Lieb, dass du fragst, aber ich muss in ein Reisebüro und mir für morgen meine Tickets kaufen."

„Dann willst du uns tatsächlich schon verlassen? Das ist schade."

„Ja, ich muss zurück. Ich weiß, ich hatte zwei Wochen bei euch gebucht, aber es war wohl etwas naiv von mir zu denken, dass ich einfach so von meinem Leben davonlaufen könnte."

„Ane, sei nicht so streng mit dir. Du warst in einer Ausnahmesituation in deinem Leben. Du brauchtest eine Veränderung, andere Menschen, eine andere Landschaft und ein bisschen Zeit, um nachzudenken."

„Leider ist diese Zeit zu kurz gekommen. Ich bin mir nicht sicher, dass ich meine Vorsätze, die ich mir vorgenommen habe, einhalten kann. Wenn man erstmal wieder in seinen Alltag zurückrutscht, dann ist alles schnell wieder beim Alten."

„Nicht unbedingt, Ane. Du musst stark sein und dir deine Eindrücke bewahren. Vielleicht schreibst du sie dir auf und immer, wenn du zuhause ins Straucheln kommst, nimmst du deine eigenen Notizen heraus und erinnerst dich."

„Gute Idee. Danke."

„Ich muss jetzt zurück ins Haus, ansonsten ruft Isabella bald die Polizei", sagte er lachend. „Am Ortsanfang von Vueltas ist übrigens ein kleines Reisebüro. Die Inhaberin ist Adriana, eine alte Bekannte. Wenn du ihr sagst, dass du von mir kommst, bekommst du ein besonders gutes Angebot", zwinkerte mir Bernhard zu.

„Ist gut, Bernhard, und sage Isabella, danke für den Kaffee und dass sie ein Engel ist."

„Das ist sie."

Bernhard verschwand und ich war wieder alleine.
Wieder einmal merkte ich, wie mir warm um mein Herz wurde. Ich hatte den perfekten Ort für meine Reise gefunden. Alle dachten an mich und hatten ein offenes Ohr für meine Probleme.
Ich werde mich revanchieren, dachte ich.
Wenn ich in Hamburg bin, werde ich mir etwas überlegen, um ihnen meine Dankbarkeit auszudrücken.
Ich duschte und zog mich an.

Everything I'll Ever Need

(Jake Shears)

„Ich brauche eine Fahrkarte für die Fähre und ein Flugticket nach Hamburg, bitte."

„Wann möchten Sie fahren?"

„Wenn es geht, morgen früh."

Adriana konzentrierte sich auf ihren Bildschirm.

Ich saß in dem kleinsten Reisebüro der Welt auf der einzigen Sitzgelegenheit, die man hier den Kunden netterweise anbot. Einen Hocker, der mich eher an einen Melkschemel erinnerte und der mich so tief sitzen ließ, dass ich bequem mein Kinn auf Adrianas Schreibtisch hätte legen können.

„Morgen Mittag Flug Teneriffe Hamburg mit Condor, vorher Fähre um 8 Uhr morgens aus San Sebastián."

Grundsätzlich fand ich diesen Plan okay, nur hieß die frühe Fährzeit wahrscheinlich, dass ich die Nacht in San Sebastián verbringen musste. Bitte nicht im Hostel.

Adriana hatte meinen besorgten Gesichtsausdruck bemerkt.

„Nicht gut?", fragte sie.

„Doch, natürlich. Bitte buchen Sie alles für mich. Mir fällt es nur sehr schwer, La Gomera zu verlassen."

Adriana nickte wohlwissend, während sie weiterhin auf ihren Computer schaute.

„Das verstehe ich, Señora Winter. Es ist nicht einfach, einen so schönen Ort zu verlassen. Wir haben hier den ewigen Frühling.“

Sie legte mir die ausgedruckten Fahrkarten buchstäblich vor meine Nase.

„Kommen Sie einfach wieder.“

Ich nickte.

„Das werde ich. Gracia, Adriana.“

Ich rappelte mich hoch, gab ihr die Hand und verließ den Laden.

Das Reisebüro befand sich mitten im kleinen Ort in einer Art Mini-Fußgängerzone, die mit Geschäften aller Art bespickt war.

Hier fand man alles für den täglichen Bedarf: kleine Supermärkte und Kioske, aber auch Schmuckläden und Galerien, wo die hiesigen Künstler ihre Werke ausstellten. Meistens waren es Menschen, die aus ihrer Heimat fortgegangen waren und auf La Gomera ihr Glück gefunden hatten.

„Was habe ich dir getan, damit du vor mir fliehen musstest?“

Plötzlich stand Eugen vor mir. Seine Arme waren verschränkt und seine Augenbrauen hochgezogen.

„Tut mir leid. Ich musste einfach in mein Bett. Es ist eigentlich nicht meine Art, einfach zu gehen.“

„Erstens war ich gezwungen, beide Biere selber zu trinken und zweitens, was viel schlimmer ist, musste ich den restlichen Abend mit unserem Liebespaar verbringen. Das war schon fast widerlich.“

Eugen machte ein angeekeltes Gesicht.

„Komm, ich lade dich auf einen Kakao ein als Wiedergutmachung“, bot ich ihm an. „Ich habe eben meine Tickets nach Hause gekauft und könnte einen Drink

vertragen."
„Okay, aber nur einen."
Wir schlenderten durch die Gasse und setzten uns in ein Café, von dem aus man das Meer sehen konnte. Der Atlantik war aufgewühlt und Gischt spritzte über die großen Felsen, die am Strand lagen.
„Wann fährst du morgen?", fragte Eugen.
Er rührte in seinem Kaffee und leckte dann den Löffel ab. Erwartungsvoll schaute er mich an.
„Morgen früh geht meine Fähre. Ich werde mir entweder in aller Herrgottsfrühe ein Taxi bestellen müssen oder in San Sebastián schlafen."
„Taxi kannst du vergessen. Ich fahre dich."
„Wie bitte? Du willst an einem Sonntagmorgen mitten in der Nacht aufstehen und mich durch die Berge fahren? Nein, das kann ich nicht annehmen, aber danke für das Angebot, Eugen."
„Das ist doch kein Problem, Ane. Wenn ich dich in Hamburg besuche, dann fährst du mich doch auch zum Flughafen, oder?"
Ich war mir gerade nicht sicher, ob das eine hypothetische Frage war oder eine Anmache.
Ich entschied mich, die mögliche Anspielung auf einen Besuch zu ignorieren.
Wenn mich das letzte Jahr und ganz besonders die letzte Woche eines gelehrt hatte, war es, dass ich kein gutes Händchen mit der Auswahl meiner Männer hatte. Ich hatte beschlossen, bis auf weiteres Single zu bleiben und auf flüchtige Bekanntschaften hatte ich erst recht keine Lust.
„Oder wir nehmen dich heute schon mit nach San Sebastián und du kannst bei uns übernachten?", fügte Eugen hinzu.

Das war ja noch schlimmer.
„Keine Angst, Ane", sagte Eugen amüsiert, als er mein misstrauisches Gesicht sah.
„Alex und ich haben ein Gästezimmer, da kannst du schlafen. Wir sind sehr ordentliche Jungs und pinkeln sogar im Sitzen."
„Aha", sagte ich nur.
Ich glaubte, er machte sich über mich lustig.
Bei dem Gedanken, wieder bei Frau Schrubber im Hostel zu schlafen, stellten sich mir allerdings die Nackenhaare auf, und zu einer langen Suche nach einer Alternative fehlte mir ebenfalls die Lust.
„Das ist wirklich lieb von euch. Hat Alex auch nichts dagegen, wenn du einfach jemanden bei euch einquartierst?"
„Natürlich nicht, wir haben gerne Gäste. Ich könnte dir außerdem unsere Schule zeigen, wenn sie dich interessiert. Sie ist zwar klein, aber Alex und ich sind sehr stolz auf sie."
„Abgemacht. Ich möchte eure Schule nur zu gerne sehen. Bewundernswert, dass ihr euren Traum lebt ", sinnierte ich.
„Woher willst du wissen, dass die Schule unser Traum ist?", lachte Eugen. „Alex ist eigentlich Surfer, aber mit Surfen kannst du nur in seltenen Fällen Geld verdienen. Mit der Schule verdient er seinen Lebensunterhalt und er hat noch genügend Freizeit, um sich um sein Hobby zu kümmern."
„Und du, Eugen?"
„Für mich ist die Schule mein Lebensmittelpunkt. Ich habe sie aufgebaut und verwirklicht."
„Ich würde sie mir wirklich gerne ansehen. Vielen Dank für deine Hilfe."

Ich schaute auf die Uhr und erschrak. Es war schon Mittag und ich hatte noch so viel zu erledigen.
„Eugen, ich muss leider los. Wann könntet ihr mich abholen?“
„Wir sind um sechs Uhr heute Abend bei Bernhard, okay?“
„Vielen Dank noch mal und bis nachher.“
Ich nahm mir die Freiheit, Eugen zu umarmen und links und rechts zu küssen. Er hatte mir eine große Entscheidung, wie ich mit diesem heutigen Tag umgehen sollte, abgenommen und er hatte es außerdem geschafft, dass ich mich auf meine Abreise aus Valle Gran Rey heute freuen konnte. Dafür war ich ihm dankbar. Mann, riecht der gut, dachte ich, als ich mich aus seinen Armen löste.
„Hasta luego.“

Als ich im Yoga Retreat ankam, machte gerade eine Gruppe Übungen im Garten. Ein schlechtes Gewissen überfiel mich, ich war in einem Yoga Hotel und hatte genau einmal knappe zehn Minuten mitgemacht. Auf der anderen Seite hatte mir Bernhard gesagt, dass einige Gäste lediglich zum Nachdenken hierherkommen. Ich war wohl eher der denkende als der turnende Gast.
„Guten Tag, Ane, wie geht es Ihnen heute an diesem wunderschönen Tag?“
Professor Alfred saß auf seinem gewohnten Stuhl auf der Terrasse und hatte seinen üblichen Sommerfrischeanzug an.
„Mir geht es ganz gut, Professor, danke der Nachfrage. Leider habe ich keine Zeit zum Plauschen, ich muss packen.“

„Oh, Sie packen schon? Wie bedauerlich. Bitte setzen Sie sich für fünf Minuten zu mir. Sie können doch einem alten Mann diese Bitte nicht abschlagen, oder?" Professor Alfred bot mir einen Stuhl neben sich an. Erpresser.
Ich setzte mich und schaute mir dabei genauer seine Zeitung an, die auf dem Tisch lag. Es war das Wiener Abendblatt von 1927. Ich sah ihn erstaunt an.
„Es ist nur eine Kopie. Ich muss doch auf dem Laufenden bleiben", witzelte er. „Nein, im Ernst, diese Zeit interessiert mich besonders und ich habe mir alle ‚Wiener Abendblatt' Zeitungen aus diesem Jahrzehnt nachmachen lassen."
„Aus diesem Jahrzehnt? Das sind ja Tausende", stellte ich erschrocken fest. „Wie schaffen Sie das?"
„Ich lese viel. Aber nun zu Ihnen, meine Liebe. Wie sieht ihr Leben aus? Haben Sie über unser Gespräch noch nachgedacht?", fragte der Professor und beugte sich neugierig vor.
„Ich denke über viele Dinge nach. Ich habe vom Denken schon Kopfschmerzen", sagte ich und griff mir zur Bekräftigung an die Stirn.
„Denken ist gut", nickte der Professor zufrieden, „aber dem Denken müssen auch Taten folgen. Ansonsten bleiben unsere Gedanken nur Hirngespinste und die blockieren uns."
Und schon war ich mitten in einer Lebensweisheit-Diskussion.
„Professor, ich habe momentan so viele Baustellen. Ich weiß gar nicht, bei welcher ich anfangen soll."
„Bei der Liebe", sagte er geheimnisvoll.
„Aber ich möchte momentan keine Beziehung."

„Ich meinte nicht diese Art von Liebe, Ane, jedenfalls nicht ausschließlich. Ich rede von der menschlichen Liebe, die uns allen so wichtig ist. Es ist egal, wie wir sie nennen, ob wir Liebe oder Anerkennung oder Freundschaft sagen, es ist sowieso alles das Gleiche, wenn sie mich fragen."

„Das müssen Sie mir erklären, Professor Alfred."

„Seitdem wir kleine Kinder sind, sehnen wir uns nach Liebe und Beachtung und wir unternehmen alles, um diese auch zu bekommen. Jeder auf seine eigene Weise. Der eine erreicht sein Ziel durch gute Noten in der Schule oder einen erfolgreichen Job in seinem Erwachsenenleben. Jeder schlägt uns dann auf die Schulter und sagt ‚Gut gemacht' und so verfahren wir in allen Lebenslagen. Wir stechen unsere Geschwister aus, um die Liebe unserer Eltern zu erlangen, wir spielen Spielchen, um mehr Aufmerksamkeit zu bekommen. Und wir betrügen unsere Partner, weil wir mehr Liebe brauchen, als uns gegeben wird."

„Sie meinen, Tom hat mich ein Jahr lang belogen, weil ich ihm nicht genügend Liebe gegeben habe?"

Ich spürte, wie mir heiß wurde.

Ich hatte alles in diese Beziehung investiert, was mir nur möglich war. Falls das nicht reichte, war ich wohl offiziell beziehungsunfähig.

„Darüber, liebe Ane, kann ich mir kein Urteil erlauben. Was in Ihrer Beziehung zu diesem Ende geführt hat, weiß ich natürlich nicht. Ich für mich weiß lediglich, dass wir Menschen alle ein gemeinsames Ziel haben, und das ist die Liebe. Vielleicht hat Ihr Tom tatsächlich nicht genug von dem bekommen, was er seiner Meinung nach verdient hätte. Vielleicht passte die andere

Dame besser zu seiner Lebensanschauung und er hat sich nicht getraut, Ihnen mit der Wahrheit wehzutun."

„Vielleicht ist er einfach nur ein verdammter Lügner", sagte ich bitter.

Professor Alfred lachte sein tiefes Altherrenlachen. Ähnlich wie der Weihnachtsmann, dachte ich.

„Kann schon sein, Ane. Nichts liegt mir ferner, als Ihren fehlgesteuerten Freund zu verteidigen. Ich teile Ihnen nur meine Gedanken mit, damit Sie verstehen können, was Ihnen passiert ist, und Ihre Wut verraucht. Die Wut ist nämlich nichts anderes als die Angst, nur in einem anderen Kostüm, verstehen Sie?"

Langsam, glaubte ich, verstehen zu können.

Meine Wut, oder meinetwegen auch meine Angst, hatte anscheinend dazu geführt, die Geschehnisse nicht richtig einordnen zu können.

„Natürlich bin ich wütend. Ich bin keine Maschine und kann das alles auch nicht nur neutral und objektiv betrachten. Wenn Sie recht haben, hat man mir ja schließlich ebenfalls etwas Essentielles genommen. Die Liebe, die ich brauchte, um mich gut zu fühlen."

„Langsam verstehen Sie.... Das ist gut."

Der Professor sah zufrieden aus, ich eher überfordert. Er stand auf und nahm seine Zeitung.

„Entschuldigen Sie mich bitte, Ane. Ich habe eine Verabredung in dem Strandcafé, mit einer Dame", zwinkerte er mir zu. „Auch so alte Hunde wie ich brauchen Liebe." Er legte mir seine Hand auf die Schulter.

„Sie werden schon das Richtige unternehmen, dessen bin ich mir gewiss. Auf Wiedersehen, Ane."

„Auf Wiedersehen, Professor. Viel Glück mit Ihrem Rendezvous."

„Danke. Das kann ich gut gebrauchen. Hoffen wir mal, die Dame findet nicht so schnell heraus, dass ich nur ein langweiliger Spinner bin.“

Er ging über die Terrasse, dann durch das große Tor und war verschwunden.

Ich seufzte und stand auf, um meinen Weg fortzusetzen.

Nach den Gesprächen mit Professor Alfred hatte ich immer das Gefühl, mich hinlegen zu müssen.

Das, was er mir mitteilte, hatte einen Effekt auf mich. Es fühlte sich an, als würden die Weichen in meinem Gehirn sich verstellen und dieser Vorgang ermüdete mich.

Als ich in meinem Häuschen war, lachte mich mein Bettchen an, aber ich widerstand. Ich hatte nicht mehr viel Zeit und die wollte ich nicht schlafend verbringen. Mein Gehirn musste also warten, bis es sich ausruhen durfte.

Ich legte meinen Koffer aufgeklappt auf mein Bett und fing an, meine Sachen zusammenzusuchen.

Mein Herz wurde abermals schwer.

Es fiel mir nicht leicht, meine neue Welt zu verlassen. Bestimmt hatte Professor Alfred Recht. Ich hatte in der kurzen Zeit viel Freundschaft und Liebe erfahren, der Stoff aus dem das Glück war. Demzufolge war es nur natürlich, dass ich mich geborgen und gut aufgehoben fühlte.

Ich warf meine Siebensachen lustlos in meinen Koffer, dann setzte ich mich auf mein Bett und rieb mir meine Augen.

Jetzt bloß nicht losheulen, befahl ich mir.

Du wirst wiederkommen und länger bleiben. Du wirst hier bei Bernhard und Isabella Urlaub buchen, Yoga

machen und am Strand sitzen, um der Sonne beim Untergehen zuzuschauen.
Wahrscheinlich versuchte ich mich nur zu trösten, dessen war ich mir bewusst.
Nichts würde wieder genauso werden wie jetzt und hier. Auch wenn ich wiederkam, wäre die Situation eine andere.
„Jetzt reiß dich zusammen, Ane“, trieb ich mich selber an.
Mir fiel auf, dass ich mir diesen Spruch diese Woche ziemlich oft sagen musste. Vielleicht sollte ich meine Mutter anrufen, dann konnte sie diesen Teil für mich übernehmen.
Bei diesem Gedanken musste ich grinsen. Meine Mutter war wirklich nett, nur von Lebensphilosophien hielt sie nicht besonders viel. Sie war durch und durch Realistin und das merkte man auch an ihren Ratschlägen.
La Gomera mit den vielen Alt- Hippies und Freigeistern hätte sie in schiere Panik versetzt. Wahrscheinlich hätte sie sich blendend mit der Hostelbesitzerin verstanden.
Nachdem ich meine Sachen gepackt und mein Zimmer in Ordnung gebracht hatte, ging ich zum großen Haus, um Kiki von dort aus anzurufen. Ich hatte sie gestern genau wie Eugen einfach in der Strandbar stehengelassen und selbst wenn ich davon ausging, dass sie es kaum bemerkt hatte, weil sie mit Alex eng umschlungen am Lagerfeuer saß, fühlte ich mich doch in der Pflicht, mich bei ihr zu entschuldigen.

Bei Kiki ging leider nur die Mailbox an ihr Telefon. „Hallo Kiki, hier ist Ane. Ich würde mich gerne für mein gestriges Verschwinden bei dir entschuldigen. Bitte ruf mich im Retreat an, ich wollte mich noch von dir verabschieden. Alex und Eugen nehmen mich später mit, aber vielleicht weißt du das auch schon. Ich würde mich freuen, noch etwas von dir zu hören."

Ich legte enttäuscht auf. Eigentlich hatte ich gehofft, mit ihr noch einen kleinen Spaziergang am Strand zu machen, aber wahrscheinlich hatte sie etwas Besseres zu tun.

Ich ging in die Küche, wo sich mir das übliche Bild bot. Isabella und Tita über die Kochtöpfe gebeugt, sich gegenseitig spanische Kommandos zuwerfend, Bernhard mit Gitarre auf seinem Kuschelstuhl und Pappi lag schnarchend zu seinen Füßen.

Oh we never know where life will take us

(Linda Ronstadt)

Gegen Abend kamen Eugen und Alex angefahren und mit ihnen, wie erhofft, Kiki. Sie hatte erfahren, dass die beiden mir Obdach gewährten, und hatte sich in die Party mit eingeklinkt.

Und obwohl ich das Yoga Retreat mit Bernhard, Isabella und natürlich Professor Alfred verlassen musste, war ich zufrieden. Ich hatte das Glück, von den dreien begleitet zu werden, anstatt morgens in ein Taxi steigen oder bei Todesangst eine weitere Nacht im Hostel übernachten zu müssen.

„Gut, dass du nur einen kleinen Koffer hast. Ich hoffe, Kikis kleiner Wagen schafft es mit euch vieren die Berge hoch.“ Bernhard sah besorgt aus.

Ich umarmte ihn und Isabella fest.

„Danke für eure Gastfreundschaft. Ich werde euch bald wieder besuchen, versprochen.“

„Ich hoffe, du löst deine Versprechen schnell ein, liebe Ane. Es war schön, dich hier gehabt zu haben. Bitte schreib uns bald ein paar Zeilen, wie es dir ergangen ist.“

Bernhard gab mir seine Visitenkarte.

„Das werde ich. Passt auf euch auf.“

Ich stieg in das Auto und schluckte meine Tränen herunter. Sei nicht albern, sagte ich zu mir selber, du kennst diese Menschen kaum eine Woche.

Kiki, die mit mir hinten auf der Rückbank saß, sah mein Dilemma und streichelte mir die Hand.

„Ich habe dir doch gesagt, dass sie nett sind", flüsterte sie mir in mein Ohr.

Ich nickte und schaute zur Ablenkung aus dem Fenster. Die Jungs, die vorne saßen, unterhielten sich auf Spanisch und ich verstand kein Wort.

Eugen, der auf den Beifahrersitz saß, wühlte im Handschuhfach herum bis Kiki ihm von hinten einen Klaps auf den Kopf gab.

„Das ist privat", sagte sie streng.

„Ich weiß, dass du schöne Sachen hier versteckt hast. Jetzt spiele nicht die große Schwester", beschwerte er sich.

„Wenn du brav bist, darfst du nachher auf der Dachterrasse einen rauchen, aber nicht hier im Auto."

Die Autofahrt war sehr unterhaltsam und ich war froh, dass ich in so guter Gesellschaft war.

Nach ungefähr einer Stunde erreichten wir San Sebastián und Alex lenkte den Wagen durch die engen Gassen der Innenstadt. Er bog in die Einfahrt einer für die Insel typischen Villa ein. Im Vorbeihuschen konnte ich ein großes grünes Schild mit der Aufschrift ‚Academia de Idiomas' am Eingang sehen.

Wir stiegen aus und mir bot sich ein Anblick, mit dem ich so nicht gerechnet hatte. Wir standen vor einer großen weißen Villa mit grünen Fensterläden und einem landestypischen kleinen Garten vor dem Haus. Ich hatte eine eher bescheidenere Behausung erwartet.

„Willkommen“, sagte Eugen und schob mich zur Tür hinein.
„Ich bin beeindruckt. Das ist wunderschön. Hätte ich so ein Haus, wäre ich auch nicht in Hamburg geblieben“, sagte ich zu ihm.
„Du bist jederzeit willkommen, Ane. Wir suchen dringend eine Putzfrau, aber wir könnten auch eine Englischlehrerin gebrauchen.“
„Sehr komisch, Jungs. Ich habe bereits einen Job, aber vielen Dank für das Angebot. Eine Englischlehrerin in Spanien, die kein Wort Spanisch versteht, das wäre nicht gerade die beste Werbung für euch.“
„Du denkst zu viel, Ane. Ihr Deutschen seid kein bisschen spontan“, kommentierte Alex.
„Vorsicht. Ich bin auch deutsch“, entrüstete sich Kiki.
„Aber nicht richtig. Du bist auf spanische Lebensfreude trainiert.“ Alex umarmte Kiki und gab ihr einen Kuss.

Später saßen wir vier auf dem Dach, tranken Wein und rauchten Kikis Gras.
Ich hielt mich sehr zurück, denn ich wollte nicht riskieren, am nächsten Tag einen Hangover zu haben.
„Komm, ich zeige dir unsere Schule“, bot mir Alex an und streckte mir seine Hand entgegen.
„Gerne.“
Wir gingen in das Erdgeschoss der Villa, in der zwei Klassenzimmer vom Flur abgingen, außerdem gab es eine Terrasse mit Sitzgelegenheiten und eine Teeküche.
„Fantastisch“, staunte ich. „Wie habt ihr das nur geschafft?“
Man sah es Eugen an, dass er zu Recht sehr stolz auf sein Lebenswerk war.

„Das ist das Haus meiner Eltern. Alex und ich haben es renoviert und umgebaut. Ich bin so etwas wie der Boss hier und Alex ist mein Angestellter.“

„Verstehe. Ich kann mir vorstellen, dass deine Eltern sehr stolz auf dich wären“, sagte ich leise.

„Ane, es hörte sich zwar eben wie ein Scherz an, aber mein Angebot war ernst gemeint.“

„Das mit der Putzfrau?“, witzelte ich.

„Ja, das auch. Nein, Spaß beiseite. Wir brauchen hier immer gute Leute und ich finde, dass du gut zu uns passt. Alex findet das übrigens auch.“

„Ihr habt über mich geredet?“, wunderte ich mich.

„Danke für das Angebot, Eugen, aber ich muss zurück, meine Klasse wartet auf mich.“

„Okay, melde dich einfach, wenn du soweit bist.“

Er sagte das, als wäre die Entscheidung nicht eine Frage des Ob, sondern des Wann, dachte ich bei mir. Ich war überzeugt davon, dass mich, sobald ich wieder in Hamburg war, mein Alltag schnell wieder einholen würde. Keine Zeit und kein Platz für Träumereien.

Am nächsten Morgen brachen Eugen und ich früh auf, um zur Fähre zu gehen. Ich hatte mich am Abend noch von Kiki und Alex verabschiedet. Da Kiki in Hamburg arbeitete, wusste ich, dass ich sie spätestens in zwei Wochen wiedersah, ansonsten wäre aus den kleinen Tränchen wohl schnell ein ganzer Bach geworden. Eugen hatte sich zur Verfügung gestellt, mit mir früh aufzustehen und mich zu begleiten. Als wir an der Fähre nach Teneriffa standen, spürte ich, wie sich mein Hals zuzog.

„Alles Gute für dich, Ane. Ich hoffe, du findest, wonach du suchst.“

„Danke Eugen. Viel Glück für dich. Ich schreibe dir und Kiki hält mich auf dem Laufenden."

„Das wird sie. Komm bald wieder, okay?"

Er umarmte und küsste mich, dann drehte er sich um und ging.

Far from the Madding Crowd

(Thomas Hardy)

Ich saß an meinem Schreibtisch in meiner Wohnung und korrigierte die Englischarbeiten meiner Schüler. Alle hatten sich gefreut, dass ich wieder da bin. Selbst Clarisse, die nicht zu Gefühlsausbrüchen neigte, umarmte mich bei meiner Ankunft auf dem Hamburger Flughafen so fest, dass sie mir fast eine Rippe gebrochen hätte.

Nach einem stundenlangen Gespräch mit meinem Chef hatte auch er mir verziehen.

Alles war somit wieder gut.

Ich hatte Toms Sachen in Umzugskartons gepackt und an seine Eltern geschickt. Nichts in meiner Wohnung wies mehr auf seine Existenz hin und darüber war ich froh.

Manchmal erwischte ich mich dabei, wie ich in Gedanken versunken auf einen Fleck starrte. Dann dachte ich an den rauschenden Atlantik, die Lagerfeuer am Strand und den Sonnenuntergang.

Ich war sehr froh und dankbar, diese magischen Momente erlebt gehabt zu haben. Diese Erinnerungen würde ich für immer festhalten, dessen war ich mir sicher. Wenn mein Herz schwer wurde, weil ich mich alleine fühlte oder mich das Fernweh plagte, rief ich Kiki an, die in der Hafencity bei einem Verlag arbeitete.

Wir trafen uns dann auf einen Wein in einer schicken Hamburger Bar und schwelgten in Erinnerungen.
„Ich werde übrigens morgen wieder zu meinen Eltern fahren. Mein Chef hat mir erlaubt, meine Überstunden in Urlaub umzuwandeln."
„Ich beneide dich, Kiki ", sagte ich ehrlich.
„Dann komm doch mit. Eugen würde sich wirklich freuen und ich mich natürlich auch."
„Ich kann nicht. Unser Schulleiter hat mir die Sommerkurse aufgedrängt und weil ich mich immer noch schuldig fühle, habe ich zugesagt. Ich habe also erst einmal keinen Urlaub mehr", seufzte ich.
„Das ist wirklich tragisch, Ane."
„Das ist es."
„Jedes Mal, wenn ich mit Eugen telefoniere, fragt er nach dir."
„Das ist schön. Ich vermisse ihn auch, genauso wie Bernhard und Isabella. Der Professor ist zurück in Münster, habe ich gehört."
„Ja, das habe ich auch gehört", stimmte Kiki zu. „Er wird dort seinen Hausstand auflösen und im Yoga Retreat einziehen, um nahe bei seiner Geliebten sein zu können." Sie schmunzelte.
„Wie romantisch."
Der Professor hatte demnach seinen eigenen Rat befolgt und die Liebe in den Vordergrund seiner Lebensplanung gestellt. Ich freute mich für ihn.
Unsere Gespräche auf der Terrasse hatten einen bleibenden Eindruck bei mir hinterlassen. Viele Situationen, auf die ich in meinem Alltag traf, sah ich mittlerweile aus einem neuen Blickwinkel. Ich hatte sogar Tom verziehen und empfand schon lange keine Wut mehr, wenn ich an ihn dachte.

Ungefähr eine Woche nach meiner Rückkehr aus La Gomera hatte ich mich im hiesigen Tierheim als freiwillige Helferin gemeldet, um meinen Beitrag für die Weltgemeinschaft zu leisten. Dort arbeitete ich die ganzen Märzferien und empfand abends, wenn ich wieder zuhause war, eine tiefe Befriedigung.
Alles schien in bester Ordnung. Ich hatte zwar keine neue Beziehung in Sicht, aber ich hatte mir dieses Mal versprochen, mir Zeit zu lassen und mich nicht gleich wieder in das nächste Abenteuer zu stürzen. Zum ersten Mal in meinem Erwachsenenleben hatte ich das Bedürfnis, mit mir selber zurechtkommen zu müssen, ohne jemanden neben mir zu haben.

Die Sommerferien standen vor der Tür und auf meinem Schreibtisch stapelte sich die Arbeit.
Interessiert las ich die neuesten Abhandlungen meiner Oberstufenklasse über Shakespeare und wie immer wunderte ich mich über die Klarheit meiner schlauen Schüler.
Es war unfassbar, wie sich diese Generation von der unsrigen unterschied. Die Kinder heutzutage wussten, wer sie waren und was sie sich von der Zukunft wünschten, denn, wenn ich ehrlich war, wusste ich mit meinen 35 Jahren immer noch nicht, wo mein Platz war. Bei aller Zufriedenheit und Dankbarkeit in meinem Leben fehlte mir etwas ganz Grundsätzliches.
Etwas, was mein Herz zum Pochen brachte und meine Leidenschaft entfachte.
Ich schaute auf die Uhr und entschied mich spontan, Bernhard anzurufen. Er hatte mir immer wieder versichert, dass er für mich ein offenes Ohr hätte.
Freizeichen.

„Hola?"
„Hola Isabella. Cómo estás? Ich möchte gerne mit Bernhard sprechen. Ist er da?"
„Ane. Hola, mi corazón. No, Bernhard ist am Strand und gibt einen Kurs. Bist du traurig? Kann ich dir helfen?"
„Ich denke nicht, aber danke Isabella. Ich rufe einfach ein anderes Mal an."
„Oder der Professor."
„Wie bitte?"
„Der Professor ist hier. Willst du mit ihm sprechen?"
„Okay, wenn es keine Umstände macht."
„Quatsch, Umstände, Ane. Du bist doch Familie. Warte." Ich hörte wie Isabella den Hörer auf den Schreibtisch legte und dann laut nach dem Professor rief.
„Hallo Ane. Wie geht es Ihnen?"
„Gut, danke, Professor. Ich habe gehört, dass Sie geheiratet haben. Herzlichen Glückwunsch. Ich freue mich sehr für Sie."
„Danke, meine Liebe. Ich habe noch mal Glück gehabt. Sie hat immer noch nicht gemerkt, dass sie sich einen alten spinnerigen Kauz geangelt hat." Er lachte über seinen eigenen Witz.
„Sie kann glücklich sein, Sie zu haben, Professor."
„Danke, Ane. Aber warum rufst du an? Was gibt es Neues in deinem Leben?"
„Mein Leben ist vollkommen in Ordnung. Ich habe meine Arbeit, meine Freunde, mein Zuhause. Ich arbeite sogar ehrenamtlich in einem Tierheim. Alles ist gut und trotzdem bin ich jeden Tag traurig. Ich verstehe mich nicht. Vielleicht bin ich deprimiert und brauche einen Therapeuten."
„Jeder Mensch sollte wenigstens einmal in seinem Le-

ben eine Therapie machen. Wir sind doch alle ein bisschen verrückt", erwiderte der Professor.

„Sie meinen, ich soll zum Arzt, Professor?"

„Wenn Sie möchten, Ane, dann gehen Sie zu einem Arzt. Ich denke allerdings, dass Ihnen etwas fehlt, was Ihnen kein Arzt geben kann."

„Und das wäre?"

„Sie haben bei allen Entscheidungen, die Sie in den letzten Monaten getroffen haben, eines außer Acht gelassen."

„Was?"

„Ihr Herz. Sie haben keine Herzensentscheidung getroffen, Ane. Sie haben vernünftige Veränderungen in Ihrem Leben vorgenommen und das ist sehr gut. Bitte verstehen Sie mich nicht falsch. Sie haben getan, was Sie glaubten, tun zu müssen, und das ist sehr ehrenhaft."

„Okay, aber warum fühlt es sich nicht gut an? Wenn Sie auf eine Beziehung anspielen, muss ich Sie leider enttäuschen, ich möchte mich momentan nicht binden."

„Das ist natürlich schade, aber verständlich. Nein, das meinte ich nicht, Ane. Ich spreche von Ihrem Herzen, das Ihnen versucht mitzuteilen, dass Sie mehr in ihrem Leben brauchen, um sich glücklich zu fühlen. Sie haben Ihr wichtigstes Organ ignoriert, Ane."

„Ich traue mich nicht, Professor. Ich versuche ja immer noch, die Scherben vom letzten Mal aufzufegen, als ich nach meinem Herzen entschieden habe."

„Gut Ding will Weile haben, hat meine Mutter immer gesagt. Sie brauchen einfach Zeit. Vertrauen Sie sich."

„Danke, Professor. Ich melde mich wieder bei Ihnen. Bitte grüßen Sie Ihre Frau von mir."

„Das mache ich. Gute Nacht."

„Gute Nacht, Professor."

Ich legte auf und fühlte mich wie immer, wenn ich mit dem Professor sprach: ausgebrannt.

Wahrscheinlich hatte er recht: ich hatte in den letzten Monaten selten mein Herz zu Rate gezogen.

An diesem Abend ging ich erschlagen in mein Bett und war dankbar, als ich schnell einschlief.

...but now I am found.

(Amazing Grace)

„Frau Winter, Sie haben tolle Arbeit geleistet in Ihrem Kurs. Ihre Schüler haben sehr beeindruckende Essays geschrieben." Schuldirektor Dr. Müller gab mir ein Glas in die Hand und prostete mir zu.

„Danke, Dr. Müller. Ich bin sehr stolz auf meine Zwölfte, aber das Lob gebührt ihnen, nicht mir. Ich habe ihnen nur die Möglichkeit gegeben, sich zu öffnen."

„Ja, natürlich, das ist ja auch wichtig. Sie als Pädagogin haben gut mitgedacht. Bitte entschuldigen Sie mich."

Wie jedes Jahr vor den Sommerferien hatten die Lehrer meiner Schule sich zu einem kleinen Umtrunk getroffen und Dr. Müller nahm sich die Zeit, um uns allen für unseren Arbeitseinsatz zu danken. Normalerweise freute ich mich schon Wochen vorher auf die Sommerferien und konnte diese Party gar nicht erwarten, weil es bedeutete, dass ich ein weiteres Schuljahr zum Abschluss gebracht hatte.

Heute war das Gefühl ein anderes. Die Wochen, die vor mir lagen, erfüllten mich nicht mit Vorfreude, sondern mit Argwohn. Sechs lange Wochen Sommerkurse geben; das war nicht gerade der Stoff, aus dem Träume gemacht waren.

Als ich später die Haustür öffnete, sah ich ein kleines Päckchen auf meinem Briefkasten stehen. Ich hatte doch gar nichts bestellt, wunderte ich mich. Ich nahm den kleinen Karton und sah die spanische Adresse aus La Gomera auf der Vorderseite. Mein Herz machte einen Hüpfer. Ich rannte die Treppen hoch zu meiner Wohnung und schloss die Tür auf.

Was das wohl sein könnte?

Ich öffnete das Päckchen und musste loslachen. Der Inhalt war ein kleiner durchsichtiger Beutel mit Strandsand und ein Foto von Eugen und Pappi. Eugen hatte den Arm um den Hund gelegt und hatte ein sehr trauriges Gesicht aufgelegt, das sehr gut zu Pappis Hundeblick passte. Auf einem Zettel stand:

„Wir warten immer noch auf dich."

Ich ließ mich auf einen Küchenstuhl fallen. Da war sie also, direkt vor meinen Augen.

Die Entscheidung, die ich treffen musste und die ich so lange vor mich hergeschoben hatte.

Ich nahm mein Telefon.

„Hey, Ane. Warum bist du so früh gegangen? Ich habe dich überall gesucht auf der Party."

„Clarisse, du musst mir einen riesigen Gefallen tun, bitte. Es ist eine Menge, was ich von dir verlange, aber ich glaube, es geht nicht anders."

„Schieß los."

„Du musst meine Sommerkurse übernehmen, bitte. Ich hatte zwar Dr. Müller schon zugesagt, aber mir ist etwas dazwischengekommen."

Es blieb stumm am anderen Ende. Ich wartete gespannt.

„Ist gut. Mache ich. Ehrlich gesagt, kann ich das Extrageld gut gebrauchen. Darf ich fragen, was los ist?"

„Ich erkläre es dir später, versprochen. Jetzt muss ich mich gerade sehr beeilen. Danke, Clarisse, du bist ein Engel."

„Ich weiß", sagte sie trocken.

Ich legte auf und fing an zu packen. Ich wusste, was

zu tun war.

Wenn ich ehrlich zu mir war, wusste ich es schon länger. Ich hatte eine Ausrede nach der anderen gefunden, um diesen Schritt nicht zu gehen, und jetzt, da mein Entschluss feststand, passierte alles wie von selbst. Es kam mir vor, als hätte sich bei mir der Autopilot eingeschaltet.

Ich rief mir ein Taxi und schleppte meine großen Koffer die Treppen hinunter.

Als dieses Mal der Flughafen in Sicht kam, machte ich innerlich einen Freudensprung.

„Welches Terminal?“, brummelte der Taxifahrer.

„Terminal 1, bitte.“

Er hielt den Wagen vor dem großen Gebäude.

„Brauchen Sie Hilfe mit dem Gepäck?“

„Nein, danke. Ich komme von jetzt an alleine klar.“

Ich gab dem Fahrer sein Geld, hievte meine Koffer aus dem Auto und bahnte meinen Weg direkt zu den Last Minute Schaltern.

„Kann ich helfen?“, fragte mich dort eine gelangweilte Blondine, die ihre Haare um ihren Zeigefinger gewickelt hatte.

„Ja, können Sie. Ich hätte gerne ein Ticket nach La Gomera.“

„Ein Ticket nach La Gomera? Sehr schöne Insel, gute Wahl. Kann ich nur empfehlen. Da gibt es ein Yoga Resort mit sehr netten Besitzern. Ich könnte Sie da einbuchen, wenn Sie wollen. Sehr nette Leute, wirklich.“

Sie legte ein Prospekt auf den Tresen und sah mich erwartungsvoll an.

„Das ist wirklich ein sehr guter Tipp von Ihnen, danke, aber ich brauche nur das Ticket.“

„Okay, kein Problem. Es geht heute noch ein Flug nach Teneriffa, von dort aus geht die Fähre nach La Gomera. Zu wann brauchen Sie einen Rückflug?"
„Ich brauche keinen. Ich fahre nach Hause."

Nachwort

I just called to say I love you...
(Stevie Wonder)

Was ich euch mit meiner Geschichte sagen möchte?

Vielleicht, dass jeder von uns seinen eigenen Weg gehen muss.

Das ist nicht besonders hilfreich, meint ihr?

Ich persönlich brauchte diese Erlaubnis, meinem Herzen folgen zu dürfen.

Merkwürdig, oder?

Wir werden gelenkt und geleitet und ganz oft wissen wir nicht, wohin die Reise geht. Aber wenn ihr aufmerksam zuhört, euch selbst oder auch den Menschen, denen ihr vertraut, wird der Weg vor euch immer klarer und klarer.

Es ist egal, ob ihr religiös seid, spirituell oder Agnostiker.

Ihr werdet euch selber in die richtige Richtung führen.

Je nachdem, welche Erfahrungen wir sammeln durften oder welche Bezugspersonen die Verantwortung in unseren Leben hatten, dauert dieser Weg zu unserer Zufriedenheit entweder kürzer oder länger.

Ich wünsche euch eine laute Herzensstimme und das Vertrauen, dieser zu folgen.

Wie schon John Lennon sagte:

„It matters not who you love, where you love, why you love, when you love or how you love, it matters only that you love.“

A.

Inhaltsverzeichnis